大唐狄公探案全译 高罗佩绣像本

大唐狄公探案全译·高罗佩绣像本

黄禄善 / 主编

黑狐奇案

POETS AND MURDER

〔荷兰〕

高罗佩 / 著
By Robert Van Gulik

金昭敏 / 译

山西出版传媒集团 北岳文艺出版社
BEIYUE LITERATURE & ART PUBLISHING HOUSE

- 太原 -

图书在版编目（CIP）数据

黑狐奇案 /（荷）高罗佩著；金昭敏译 . — 太原：北岳文艺出版社，2018.1
（大唐狄公探案全译：高罗佩绣像本 / 黄禄善主编）
ISBN 978-7-5378-5531-0

Ⅰ . ①黑… Ⅱ . ①高… ②金… Ⅲ . ①侦探小说－荷兰－现代 Ⅳ .
① I563.45

中国版本图书馆 CIP 数据核字（2018）第 001802 号

书名：黑狐奇案　　　　策　　划：续小强　　　　责任编辑：韩玉峰
著者：〔荷〕高罗佩　　项目统筹：贾晋仁　　　　书籍设计：张永文
译者：金昭敏　　　　　　　　　　庞咏平　　　　印装监制：巩璠

出版发行：山西出版传媒集团·北岳文艺出版社
地址：山西省太原市并州南路 57 号　邮编：030012
电话：0351-5628696（发行部）0351-5628688（总编室）传真：0351-5628680
网址：http：// www.bywy.com　E-mail：bywycbs@163.com
经销商：新华书店　　承印者：山西人民印刷有限责任公司
开本：890mm×1240mm　1/32　字数：134 千字
印张：6.375　版次：2018 年 1 月第 1 版　印次：2018 年 1 月山西第 1 次印刷
书号：ISBN 978-7-5378-5531-0
定价：23.80 元

　　《狄公案》是中国众多公案小说之一种，但是，随着高罗佩20世纪40年代对《武则天四大奇案》的译介以及之后"狄公探案小说系列"的成功出版，"狄公"这一形象不仅风靡西方世界，也使中国读者看到"中国古代犯罪小说中蕴含着大量可供发展为侦探小说和神秘故事的原始素材"，认识到"神探狄仁杰"，"虽未有指纹摄影以及其他新学之技，其访案之细、破案之神，却不亚于福尔摩斯也"。在西方对中国总体评价趋于负面的20世纪50年代，"狄公探案小说"不仅满足了普通西方读者了解古代中国社会生活的愿望，也在一定程度上让西方世界重新认识了传统中国，扭转了西方人眼中古代中国"落后""野蛮"的印象。从这个意义上来看，高罗佩对传播中国文化着实做出了很大的贡献，因此学界给予他很高的评价，将其与理雅各、伯希和、高本汉、李约瑟等知名学者并列为"华风西渐"的代表人士。

　　高罗佩是20世纪最为著名的汉学家之一，其语言天赋惊人，汉学造诣"在现代中国人之中亦属罕有"。高罗佩"狄公探案小说"的背景是久远的初唐社会，但讲述方式却是现代的，中国传统文化被润化在小说的情境中，服饰、器物、绘画、雕塑、建筑等中国元素以及其中所蕴含的中国文化，在不经意间缓缓流动着，构成一幅丰富多彩的中国图画，没有丝毫的隔膜感。小说创作的灵感来源于公案小说，但叙事却完全是西方推理小说的叙事。在整个案件的推演、勘察过程中，读者一直是不自觉地被带入情境中，抽丝剥茧，直到最终找出答案。这种互动式、体验式的交流方式，是高罗佩探案小说的成功之处，也是至今仍为广大读者喜爱的原因之一。

为了让读者能原汁原味地读到高罗佩"狄公探案小说"，体味到高罗佩笔下的中国文化和社会，我社邀请著名西方通俗文学研究大家黄禄善教授组织翻译了这套"大唐狄公探案全译·高罗佩绣像本"，以飨读者。

我社推出的"大唐狄公探案全译·高罗佩绣像本"以忠实原著为原则，译文更贴近于读者的阅读习惯，且完整保留了高罗佩探案小说创作的脉络，力图打造一套完整的"高罗佩探案小说"全译本。

"大唐狄公探案全译·高罗佩绣像本"共计十六册（包括十四部长篇，两部中篇，八部短篇），其中收入了高罗佩手绘的地图及小说插图一百八十余幅。书中的插图仿照的是16世纪版画的风格特点，特别是明代《列女传》中的形象。因此，插图中人物的服饰以及风俗习惯均反映的是明代特征，而非唐代。此外，小说中涉及大量唐代官职、古代地名等信息，虽经译者考证并谨慎给出译名，但仍有存疑之处，敬请方家指正。

愿我们的这些努力，能使这套"大唐狄公探案全译·高罗佩绣像本"成为喜爱高罗佩的读者们所追寻的珍藏版本。

北岳文艺出版社

2018年1月

一

20世纪与21世纪之交，西方通俗文学界一个令人瞩目的现象是历史侦探小说（historical detective fiction）的崛起。当时西方的许多主流媒体，如《纽约时报》《华尔街日报》《泰晤士报》《卫报》等等，连篇累牍地报道这类小说获奖的信息，有关小说的介绍、评论汗牛充栋。这些获奖作品的背景多半设置在一个历史久远的年代，中心情节是破解一个与谋杀有关的谜案，作者大都为历史学、考古学的专业人士，爱好文学创作。譬如保罗·多尔蒂（Paul Doherty, 1946—），当代英国著名历史学家，20世纪80年代末开始历史侦探小说创作，迄今已出版了八十多部以古希腊、古罗马、古埃及和中世纪英格兰为背景的侦探小说，其中《叛逆的幽灵》（*The Treason of the Ghosts*）被《泰晤士报》列为2000年最佳犯罪小说。又如琳达·罗宾逊（Lynda Robinson, 1951—），毕业于得克萨斯大学考古专业，擅长中东史和美国史研究，后在丈夫的鼓励下进行历史侦探小说创作，处女作《死神谋杀案》（*Murder in the Place of Anubis*, 1994）一问世即荣登"纽约时报畅销书排行榜"，接下来的十多本小说也一版再版，畅销不衰。再如加里·科比（Gary Corby, 1963—），澳大利亚历史侦探小说创作新秀，尽管作品数量不算太多，但已是2008年"柯南·道尔奖"得主，2010年问世的《伯里克利政体》（*The Pericles Commission*）又获"内德·凯利奖"（Ned Kelly Award）。凡此种种，正如《出版人周刊》2010年一篇评论所指出的："过去的十年目睹了历史侦探小说的数量和质量的爆炸。以前从未有过如此多的天才作家出版如此多的历史侦探小说，作品涵盖的历史年代和案发地点也从未如此宽泛。"[1]

不过，西方历史侦探小说的诞生并非从这个世纪之交开始。早在1911年，在美国作家梅尔维尔·波斯特（Melville Post, 1869—1930）的短篇小说《上帝的天使》（*The Angel of the Lord*），就出现过一个历史年代的业余侦探"阿布勒大叔"（Uncle Abner）；他生活在古老的弗吉尼亚边疆，是个牧场工人，和蔼、睿智的中年人，依靠圣经的道德标准和美国的法律精神破案。《上帝的天使》很快被扩充为拥有二十六个故事的侦探小说集《阿布勒大叔：破案高手》（*Uncle Abner, Master Mysteries*, 1918）。到了1943年，美国作家利莲·托雷（Lillian de la Torre, 1902—1993）又发表了以历史人物塞缪尔·约翰逊（Samuel Johnson）为侦探主角的短篇小说《英格兰国玺》（*The Great Seal of England*），她同样将该短篇小说扩充为有多个故事的侦探小说集《萨姆博士：约翰逊侦探》（*Dr. Sam: Johnson, Detector*, 1948）。在这之后，西方目睹了历史侦探小说的高速发展。一方面，英国作家阿加莎·克里斯蒂（Agatha Christie, 1890—1976）出版了古埃及背景的长

1　Lenny Picker. *Mysteries of History*, Publishers Weekly, March 3, 2010.

篇历史侦探小说《死亡终局》（*Death Comes as the End*, 1944）；另一方面，美国作家约翰·卡尔（John Carr, 1906—1977）又出版了拿破仑战争题材的长篇历史侦探小说《狱中新娘》（*The Bride of Newgate*, 1950）；与此同时，荷兰外交家、汉学家、收藏家、作家高罗佩（Robert van Gulik, 1910—1967）还推出了基于中国公案小说传统的系列历史侦探小说"狄公探案"（*Judge Dee series*）。这些单本的、系列的历史侦探小说的问世，为当代西方历史侦探小说的全面崛起做了有益的铺垫，尤其是"狄公探案"，采用长、中、短三种小说形式，数量多达十六卷，在东、西方均产生了持久的轰动效应，被认为是早期西方历史侦探小说的成功"范例"。[1]

　　"狄公探案"系列历史侦探小说始于1949年高罗佩的一本中国公案小说译作《狄公断案精粹》（*Celebrated Cases of Judge Dee*）。故事的侦探主角狄公（Judge Dee）在中国历史上实有其人。他名叫狄仁杰，生活在唐朝（618—907），一生为官，两次出任宰相，是所谓的青天大老爷。有关他廉洁自律、为民请命、秉公办案的故事很早就在民间流传。到了清朝末年，一位无名氏将这些民间故事整理成长篇公案小说《武则天四大奇案》（亦名《狄公案》或《狄梁公四大奇案》）。高罗佩在中国任外交官期间，对该书产生了浓厚的兴趣。他在进行了详细考据之后，将其中基本符合西方侦探小说传统的前三十回翻译成英文出版。之后，又亲自出马，尝试创作了以狄公为侦探主角的历史侦探小说《迷宫奇案》（*The Chinese Maze Murders*, 1952）。该历史侦探小说出版后，居然是本畅销书。从此，高罗佩一发不可收拾，先后接受芝加哥

1　Carl Rollyson. *Critical Survey of Mystery and Detective Fiction*, Revised Edition. Salem Press, INC, printed in USA, 2008, p.1783.

大学出版社及其他图书出版公司的稿约，继续创作了十五卷狄公案历史侦探小说。它们是：《铜钟谜案》（*The Chinese Bell Murders*, 1958）、《黄金谜案》（*The Chinese Gold Murder*, 1959）、《湖滨谜案》（*The Chinese Lake Murders*, 1960）、《铁针谜案》（*The Chinese Nail Murders*, 1961）、《红阁子奇案》（*The Red Pavilion*, 1964）、《朝云观奇案》（*The Haunted Monastery*, 1961）、《御珠奇案》（*The Emperor's Pearl*, 1963）、《漆画屏风奇案》（*The Lacquer Screen*, 1962）、《晨猴·暮虎》（*The Monkey and the Tiger*, 1965）、《柳园图奇案》（*The Willow Pattern*, 1965）、《广州谜案》（*Murder in Canton*, 1966）、《紫云寺奇案》（*The Phantom of the Temple*, 1966）、《太子棺奇案》（*Judge Dee at Work*, 1967）、《项链·葫芦》（*Necklace and Calabash*, 1967）、《黑狐奇案》（*Poets and Murder*, 1968）。这些"奇案""谜案"也全是畅销书，不断再版、重印，直至2014年，还有麦克法兰图书出版公司（McFarland）的新版本出现。

与此同时，"狄公探案"系列小说的影响又渐渐从美国、英国、加拿大、澳大利亚、新西兰延伸到法国、德国、西班牙、荷兰、瑞典、芬兰、日本和中国。1982年，甘肃人民出版社率先在中国推出了陈来元、胡明翻译的《四漆屏》（*The Lacquer Screen*）。紧接着，中原农民出版社、北方妇女儿童出版社、北岳文艺出版社、中国电影出版社、海南出版社、贵州大学出版社也各自推出了这样那样的狄公案全译本和节译本。各种各样的续集、改写本也不断涌现。"狄公探案"被多次搬上银幕，仅在中国大陆，就有电影《血溅画屏》（1986）、《恐怖夜》（1988）、《奇屏谜案》（2009），电视连续剧《狄仁杰断案传奇》（64集，1986）、《神探狄仁杰Ⅰ》（30集，2004）、《神探狄仁杰

Ⅱ》（40集，2006）、《神探狄仁杰Ⅲ》（48集，2008）、《神探狄仁
杰Ⅳ》（50集，2013）。

二

作为早期西方历史侦探小说创作的一个成功范例，"狄公探案"小
说系列展示了这一小说类型的诸多特征。首先，它是侦探小说，遵循侦
探小说之父爱伦·坡（Allan Poe, 1809—1849）的"破案解谜六步曲"，
亦即介绍侦探、展示犯罪线索、调查案情、公布调查结果、解释案情发
生的原因和经过、罪犯的服输和认罪。其次，它又是历史小说，涵盖了
历史小说之父沃尔特·司各特（Walter Scott, 1771—1832）所创立的大部
分市场要素，如异国情调、哥特式气氛、英雄主义、骑士精神等等。而
且，其作者本人，也像上面提到的许多当代历史侦探小说的作者一样，
是个精通历史学、考古学的专业人士，只不过专业研究的对象，并非众
人趋之若鹜的古希腊、古罗马或中世纪欧洲文明，而是当时并不被看好
且有点冷僻的东方语言文化。

高罗佩，原名罗伯特·范·古利克，1910年8月9日生于荷兰聚特
芬（Zutphen）。父亲是个医生，曾先后两次在荷属东印度（Netherland
East Indies, 今印度尼西亚）服役。自小，高罗佩随父母侨居在殖民地，
在当地学习汉语、爪哇语和马来语，由此对亚洲文化，尤其是中国文化
产生了浓厚的兴趣。1923年，父亲退役后，高罗佩随全家回到荷兰，定
居在奈梅亨（Nijmegen）。1929年，高罗佩从奈梅亨市立中学毕业，入
读莱顿大学，主修东方殖民法律和（荷属东）印度学，以及中日语言文

学，后又到乌特勒支大学深造，学习现当代中国史以及藏文和梵文，并以论文《马头明王诸说源流考》（*Hayagriva, the Mantrayanic Aspect of Horse-cult in China and Japan*）获得东方语言学博士学位。高罗佩的语言才能和专业知识很快得到回报。1935年，他被荷兰外交部录用为助理翻译，并被派驻东京，任荷兰驻日公使馆二等秘书。1941年，太平洋战争爆发，荷兰成为日本的对立面，高罗佩与其他同盟国的外交人员一道被遣离日本。1943年3月，他从印度加尔各答来到中国重庆，与那里的荷兰使馆人员会合，出任荷兰政府驻重庆大使馆一等秘书。其间，他结识了同在大使馆秘书处工作的中国名媛水世芳，两人结为伉俪，先后育有三子一女。战争结束后，高罗佩离开中国回到海牙，出任荷兰外交部政务司远东处处长，一年后又去了美国，任荷兰驻美使馆顾问。1948年，他被任命为荷兰驻日本东京军事代表处顾问，1951年又离开东京前往新德里，任荷兰驻印度大使馆文化参赞。1953年，他再次被召回，任外交部中东暨非洲事务司司长。1956年至1959年，高罗佩担任荷兰驻黎巴嫩全权代表，1959年至1962年又担任荷兰驻马来西亚大使。1965年，他作为驻日大使第三次被派驻东京。任上，他被诊断出患了肺癌，不得不返国治病。1967年9月24日，他在海牙辞世，享年五十七岁。

高罗佩一生以外交官为职业，辗转海牙、东京、重庆、南京、华盛顿、新德里、贝鲁特、吉隆坡等地，工作异常繁忙。尽管如此，他还是不忘初衷，挤出时间从事自己所喜爱的东方语言文化研究。他的研究兴趣很广，琴棋书画、小说戏曲无所不包，而且成果颇丰，几乎每隔一至两年就出版一本书。1941年由日本上智大学出版的《琴道》（*The Lore of the Chinese Lute*）是西方第一本系统介绍中国古琴的专著。在书中，高罗佩基于大量中国古代文献，对中国古琴的起源和特征、琴人的心境和原则、琴曲的意义和内涵、演奏的象征和意象，做了详尽的论述。而1944年在重庆出版的《明末义僧东皋禅师集刊》（Collected Writings of the Ch'an Master Tung-kao, a Loyal Monk of the End of the Ming Period），则是一部填补中国佛学史空白的开山之作。该书成书时间长达七年，期间高罗佩遍访中日名刹古寺、博物馆院，共觅得东皋禅师遗著和遗物三百余件。1958年，他耗时十余年完成的《书画鉴赏汇编》（Chinese Pictorial Art as Viewed by the Connoisseur）又在罗马远东研究社出版。全书内容分两部分，前一部分泛论中日屋宇的式样、书画的悬挂方法以及装裱技术的衍变，后一部分讲述毛笔的构造、墨的制作、纸绢的特质、书画真赝的鉴别，堪称一部东方艺术鉴赏大全。

不过，高罗佩的最大学术成就当属中国古代性文化研究。1949年，因日文版《迷宫奇案》的一幅封面裸体插图，高罗佩开始对中国古代性文化产生兴趣。他广集史料，探幽索隐，费尽周折收集历朝历代春宫画册，又参阅了一系列的明末情色禁书，终于辑成了中国古代性文化的拓荒之作《秘戏图考》（Erotic Colour Prints of the Ming Period, 1951）。该书共分三卷。卷一《秘戏图考》是正文，用英语写成，分"上""中""下"三篇，讨论了自公元前226年至公元1664年中国历代王朝与性有关的历史文献、春宫画简史以及他所收藏的《花营锦阵》对题跋文字的注释和翻译，并附有"中国性术语"和"索引"。卷二《秘书十种》系中文卷，收录了卷一所引用的重要中文参考文献，包括《洞玄子》《房内记》《房中补益》《天地阴阳交欢大乐赋》《某氏家训》《纯阳演正孚佑帝君既济真经》《紫金光耀大仙修真演义》《素女妙论》以及《风流绝畅图》题词和《花营锦阵》题词。卷后有附录，分乾（旧籍选录）和坤（说部撮抄）两部分，所录各项均为极其珍贵的中国古代性文化研究资料。卷三《花营锦阵》影印了他所收藏的《花营锦阵》的所有春宫画,外加所题艳词。在这之后,高罗佩继续中国古代性文化研究,且时有新的发现,适逢荷兰图书出版商建议他撰写一部面向更多西方读者的中国古代性文化著作,于是便有了洋洋数十万言的《中国古代房内考》(*Sexual Life in Ancient China*, 1961)的问世。相比《秘戏图考》,该书的社会文化史研究气息更浓,且内容上有增补,还更新了许多旧的译文,添加了许多新的引文;观点上有修正,尤其是强调爱情的高尚意义,反对过分突出纯肉欲之爱。直至今日,该书仍是东西方性学家了解中国古代性文化的重要参考文献。

三

正是以上历史学、考古学方面的惊人成就,让高罗佩发现了《武则天四大奇案》等中国公案小说的价值,并选择性地翻译、出版了《狄公断案精粹》。在该书的"译者前言",高罗佩指出,多年来西方读者所理解的中国侦探小说,无论是厄尔·比格斯(Earl Biggers, 1884—1933)的"查理·张"系列小说(*Charlie Chang series*),还是萨克斯·罗默(Sax Rohmer, 1883—1959)的"傅满洲系列小说"(*Fu Manchu series*),其实都是"误判"。真正的中国侦探小说是《武则天四大奇案》之类的中国公案小说。这类小说早在1600年就已经存在,时间要比爱伦·坡"发明"侦探小说的年代,或者柯南·道尔(Conan Doyle, 1859—1930)"打造"福尔摩斯的年代,早出几个世纪。而且这类小说多有特色,主题之丰富,情节之复杂,结构之缜密,即便是按照西方的

· 8 ·

标准，也毫不逊色。然而，由于一些文化传统的原因，迄今这类小说不为广大西方读者所知。他呼吁西方侦探小说作家应该关注这一被遗忘的角落，积极改写或创作以中国古代清官断案为主要内容的侦探小说。[1] 鉴于和者甚寡，1950年，他亲自操刀，尝试创作了以狄公为侦探主角的《迷宫奇案》，以后又费时十七年，将其扩展为一个有着十六卷之多的狄公探案系列。

而且，也正是以上历史学、考古学的惊人成就，让高罗佩在创作这十六卷狄公案时有意无意地融入了较多的中国古代文化元素。"漆画屏风""柳园图""朝云观""紫云寺""红阁子"，这些书名关键词本身就是一幅幅色彩斑斓的风俗画，给西方读者以丰富的中国古代文明想象；而小说中的许多故事场景，如"迷宫""花亭""半月街""桂园""乐苑""黑狐祠""白娘娘庙""罗县令府邸"，也无疑是一道道风味独特的精神大餐，令西方读者一窥东方建筑。此外，还有许多与案情有关的主题物件，如竖琴、棋谱、毛笔、画轴、香炉、算盘、绢帕，也不啻一件件极其珍稀的古文物展示，勾起了西方读者对中国传统文化的无限向往。

当然最值得一提的是，"狄公探案"蕴含的道家思想和诗化手段。在《迷宫奇案》，故事刚一开始，高罗佩就描绘了一个仙风道骨的太原府狄公后裔。他头戴黑纱高帽，身穿宽袖长袍，胸前白髯飘拂，举止谈吐不凡。正是他，讲述了狄公当年在兰坊县任上所破解的三桩命案。之后，故事套故事，小说中又出现了一个鹤发童颜、双唇丹红、目光敏锐

1　*Celebrated Cases of Judge Dee: An Authentic Eighteenth-Century Chinese Detective Novel*, Translated and With an Introduction and with Notes by Robert van Gulik, Dover Publications, Inc, New York, 1976, pp. i-v.

的道家隐士，他于狄公断案百思不得其解之际指点迷津。由此，狄公锁定了余氏财产争夺案的真正凶犯。同样高贵、脱俗、飘逸的道家隐士还有《项链·葫芦》中的葫芦老道。同传说中的道家神仙张果老一样，他骑着一头长耳老驴，鞍座后面用红缨带拴着一个大葫芦。小说伊始，在松树林，他不期而至，给不慎迷失方向的狄公指路。接下来，还是在松树林，他协助狄公击退了凶狠歹徒的袭击，让狄公得以完成公主的重托。末了，依旧在松树林，他再遇狄公，自报真名，细述身世，并赠予其大葫芦，然后语重心长地留下嘱咐："大人，现在您最好把我忘了，免得将来还会想起我。虽说对于未知者，我只是一面铜镜，会让他们撞头；但对于知情者，我是一个过道，进出之后便了事。"[1]

　　显然，高罗佩在暗示读者，狄公之所以能屡破奇案，是因为有"高人"相助，而这"高人"并非别的，乃是他所信奉的"清静无为""顺应天道""逍遥齐物"的老庄哲学。事实上，现实生活中的高罗佩也是一个老庄哲学推崇者。在《琴道》的"后序"，高罗佩曾经谈到自己的抚琴体会，认为其秘诀在于遵循老子说的"去彼取此，蝉蜕尘埃之中，优游忽荒之表，亦取其适而已"[2]。接下来的正文，他进一步明确指出："我认为道家思想对琴道衍变有决定性的优势，或者说，虽然琴道的产生及基本观念源于儒家，但内涵却是典型的道家。"[3]此外，在《中国古代房内考》中高罗佩也有类似的说法："道家从自己与自然的原始力量和谐共处的信念中得出合理结论，并固定下来，称之为道。他们认为人

1　Robert van Gulik. *Necklace and calabash*. University of Chicago Press, Chicago, 1992, p. 92.

2　Robert van Gulik.*The Lore of the Chinese Lute: An Essay in the Ideology of the Ch'in*.Sophia University, Tokyo, 1941, pp. xiii.

3　Ibid, p. 49.

类的大部分活动，都是人为的，只起到疏远人和自然的作用，由此产生非自然的、人工的人类社会，以及家庭、国家、各种礼仪、专横的善恶区分。他们提倡回复到原始质朴，回复到一个长寿、幸福、没有善恶的黄金时代。"[1]

如果说，在狄公案中，道家思想是高罗佩欲以推崇的精神食粮和破案利器，那么效仿唐代传奇小说和明清章回小说，对小说故事情节做诗化处理，便是他编织案情的重要手段。这种诗化手段，在狄公案前期问世的一些卷册，如《迷宫奇案》《铜钟谜案》《黄金谜案》《湖滨谜案》，主要表现在每章有两句对仗工整的诗歌标题，以及正文起首插有几句韵味十足的题诗。前者起着点明全章主要内容的作用，而后者往往也从作者的视角，感叹世事人生、因果报应，同时赞誉清官替天行道、为民申冤，与正文叙述有着某种唱和的效应。如《黄金谜案》第三章诗歌标题"入县衙主簿慌张，闯后园狄公受惊"[2]，概括了该章主要描写狄公一行四人进了蓬莱县衙，并着手调查前任县令遇害案；而《湖滨谜案》题诗"神笔录尽人间事，万物皆有源与头；无奈凡夫灵犀欠，不谙其意枉自愁。公堂端坐父母官，生杀之权大如天；倘若心少浩然气，草菅人命臭人间"[3]，也以极其简练的语言，歌咏了天下之大，无奇不有，法网恢恢，疏而不漏，为民父母，除害雪冤，从而有效地呼应、烘托了

1 Robert van Gulik. *Sexual Life in Ancient China: A Preliminary Survey of Chinese Sex and Society from Ca. 1500 B. C. till 1644 A.* D.Leiden, E. J. Brill, 1974, pp. 42-43.

2 Robert van Gulik.*The Chinese Gold Murders: A Judge Dee Detective Story.* Perennial, An Imprint of Harper Collins Publishers, New York, 2004, p. 20.

3 Robert van Gulik. *The Chinese Maze Murders: a Chinese detective story suggested by three original ancient Chinese plots.* The University of Chicago Press, Chicago, 1997, p. 1.

小说主题。狄公案后期问世的一些卷册，如《漆画屏风奇案》《御珠奇案》《紫云寺奇案》《黑狐奇案》，尽管考虑到西方读者的持续接受程度，不再有如此诗化形式，但仍出现了相当数量的对仗工整、韵味十足的诗歌。这些诗歌多半与案情相互交织，成为案情侦破的关键。以《漆画屏风奇案》为例，在正文第十一章，狄公偕竹香去地下的妓院暗访，看见床壁上贴有一首七言绝句，并从前后两句的字迹，推测是年轻画家冷德和腾夫人银莲合写，也据此断定此前滕知县所说"生死伉俪"完全是编造的。一个由婚姻不幸导致妻子出轨、继而被杀的复杂命案终于大白于天下。

四

然而，高罗佩并非不分良莠、一味地融入中国古代文化元素。也还是在他的《狄公断案精粹》的"译者前言"，高罗佩总结了《武则天四大奇案》等中国古代公案小说的五大"弊端"。首先，小说伊始即介绍罪犯，细述犯罪的经过和动机，从而丧失了故事基本悬念。其次，崇尚神鬼等超自然力量，法官能潜入冥王地府与受害者对话，动物、炊具也能上法庭做证。再有，故事冗长，情节拖沓，动辄数十章，甚至数百章。再有，出场人物过多，难以分清主次、理清线索。最后，惩罚罪犯过分，残忍地诉诸暴力。[1]

---

1 *Celebrated Cases of Judge Dee: An Authentic Eighteenth-Century Chinese Detective Novel*, Translated and With an Introduction and with Notes by Robert van Gulik, Dover Publications, Inc, New York, 1976, pp. ii-iv.

以上"弊端"，高罗佩在创作狄公案时已经剔除。整个谋篇布局，仍沿用西方古典式侦探小说的创作模式，并突出运用了许多行之有效的创作技巧。譬如阿加莎·克里斯蒂式的"高度悬疑"，几乎每卷都有这样的设置。典型的有《紫云寺奇案》，故事一开始，读者就被置于紧张的悬疑之中而不能自拔。漆黑的寺庙外，隐约现出一块溅洒鲜血的石头；一对男女鬼鬼祟祟，借着微弱的灯笼光线朝井边拖拽尸体。他们是谁？为何要弃尸古井？被害者又是谁？但未等读者找出答案，新的悬疑接踵而至。从古董店买来贺寿的紫檀木盒，莫名其妙地留有求救纸片。一夜之间，国库五十锭金变成一堆铅条。而原本是两个无赖之间的争斗命案，凶手却要费事地剁下受害者的头颅？并且，狄公的得力助手两次险遭杀害，衙役们已是一死一重伤。直至最后，罪犯一一被擒获，狄公细述案情，所有谜团解开，读者才恍然大悟。原来百年寺庙早已成了藏污纳垢之地。而《朝云观奇案》的悬疑设置更有特色，整个故事情节集中在一个密闭时空，命案迭起，案中有案。狂风暴雨夜，狄公一行人前往百年道观借宿。倏忽间，对面塔楼现出一男与一残臂裸裸女相搂的身影。此前，已有三个年轻女子在那里蹊跷身亡。紧接着，戏班子又有伶人"假戏真做"，险些酿成大祸。狄公循迹调查，又遭人暗算。更不可思议的是，众目睽睽之下，前任住持玉镜讲道时突然"仙逝"。之后，现任住持真智又坠楼暴毙。种种蛛丝马迹，指向道观一个辞官修道的孙太傅。然而他为何要谋害数条人命？又能否逃脱法律制裁？如此悬疑，一直持续到小说结束。

又如柯南·道尔式的"科学探案"，这一技巧的运用集中体现在小说主要人物形象的提升和重塑。在高罗佩的笔下，狄公已经不单是那个为政清廉、刚正不阿、体恤民生，只凭聪明才智断案的青天大老爷，而是融博学、勤政、亲民于一身，依靠仔细调查和缜密推理破案的"科学"神探。他手下的几个随从，马荣、乔泰、陶干和洪亮，也一改"四肢发达、头脑简单"的性格描写窠臼，变成有血有肉、智勇兼备的破案搭档。作为一方父母官，狄公不但熟悉辖区具体政务，还擅长同各种各样的人打交道，了解他们的喜怒哀乐和实际需求。尤其是，他深谙犯罪心理学，勤于现场勘查，善于从蛛丝马迹中寻找破案线索，并层层剥茧抽丝，缜密推理。在《漆画屏风奇案》第五章，高罗佩以十分细腻的笔触，描述了狄公如何在沼泽地查看一具女尸的情景：

> 狄公重新掀开裹盖女尸的袍服。除了那袍服外，女尸一丝不挂，一把短剑从左侧乳房直插胸部，露出剑柄。剑柄周围有一摊干涸的血。他继而细看那剑柄，发现质地为白银，上面镂刻了美丽的花纹，不过年代已久，呈现出黑色。他断定，这把短剑是一件稀世古董，只因那个乞丐不识货，在盗窃耳环和手镯的时候，没有将它拔出带走。他摸了摸那只乳房，表面冷而黏湿，接着又抬起她的一只胳膊，觉得还有弹性。看来，这个女人被害的时间不过几个时辰。他想着，这安详的神态，简便的发型，裸露的胴体，赤裸的双脚，都说明她是在床上熟睡时被害的。[1]

这段描写，与柯南·道尔在《巴斯克维尔的猎犬》中描述福尔摩斯现场勘察爵士死因简直有异曲同工之妙。不过，高罗佩没有无限拔高狄公，

1　Robert van Gulik. *The Lacquer Screen: a Chinese Detective Story*. The University of Chicago Press, Chicago, 1992, p. 52.

而是描写他有时也会被假象蒙蔽而犯错，也会因怀疑自己判断有误而心虚。此外，他还有七情六欲，不但娶有三房夫人，还看见美丽、善良的女人就动心。《铁针谜案》中暗恋郭夫人便是一例。小说描写了狄公邂逅这位容貌端庄、知书达理的仵作妻子后的种种爱慕心理。当获知她同样以铁针杀害了自己无恶不作的前夫后，狄公陷入了矛盾，欲绳之以法又心中不忍。郭夫人跳崖自尽后，狄公一夜未眠，"他感到非常疲惫，想过平静的退隐生活。但随之他明白，自己不能这样做。退隐意味着不想担当任何责任，而他却有太多的责任"[1]。这也令人想起英国侦探小说大师埃·克·本特利（E. C. Bentley, 1875—1956）在《特伦特绝案》中所描写的那个"已食人间烟火"的大侦探特伦特，他在推断门德尔松夫人杀害自己丈夫之后，选择了悄悄离去，因为门德尔松敛财堕落，消除他等于消除了罪恶。

再如约翰·卡尔的"密室谋杀"。所谓密室谋杀，是指罪犯在一个完全封闭、看似无法出入的空间环境内所实施的谋杀，往往产生一种独特的惊悚、神秘的效果。高罗佩似乎谙于这一技巧，在大部分卷册都有展示。《红阁子奇案》中的举人李琏和花魁娘子秋月先后"自杀"，显然是一种密室谋杀，因为两人均死在卧室，房门紧锁；而《朝云观奇案》中的前任住持玉镜"讲道时突然仙逝"，也是与密室谋杀不无联系，因为众目睽睽之下，凶手没有任何作案机会。最令人玩味的是《迷宫奇案》中的丁将军被杀案。高罗佩先是在第八章，透过狄公的视角，描述了十分密闭的案发现场：

1　Robert van Gulik. *The Chinese Nail Murders*. The University of Chicago Press, Chicago &London, 1977, p. 200.

狄公迈步跨过书斋门槛，举目环视。书房很大，呈八边形，墙上高处有四扇小窗，窗纸莹白，阳光透过窗纸，漫入室内甚是柔和。窗户上方，有两个小孔，供通风之用，均有栅板相隔。除了窄门，书斋墙上再别无其他开启之处。

　　书斋中央正对门放着一张乌木雕花大书案，只见一人身穿墨绿锦缎便袍软软地伏于书案之上。此人头枕弯曲左臂，右手伸于书案之上，手中握有一红漆竹制狼毫，一顶黑色丝帽掉落于地，灰白长发暴露无遗。[1]

　　接着，他又借陶干和丁秀才之口，说明了凶手不可能自由进入案发现场的缘由。一是房门乃进入书斋的唯一通道，墙壁、书架上的窗户和挡有栅板的通气孔洞以及窄门，均未见暗道机关；二是丁将军先亲自开锁进入书斋，丁秀才跟着进入下跪请安，其时管家就站在丁秀才身后，直至丁秀才起身，丁将军才将房门合上，而平时书斋房门总是紧锁，唯一的钥匙也由丁将军随身携带。但就是这样一个看似无法破解的密室谋杀案，狄公通过仔细调查和严密推理得出了答案。原来杀死丁将军的是他手上执握的那管珍贵的狼毫。之前凶手将狼毫作为寿礼送给了丁将军，但狼毫内藏有浸透毒液的飞刀，上有弹簧，用松香封住。丁将军初次写字时，自然要烧掉狼毫笔端的毛刺，于是松香受热，弹簧启动，飞刀弹出结果了他的性命。

　　此外，还有盖尔·威廉（Gale Wilhelm, 1908—1991）的"女同性恋描写"，也对高罗佩的狄公案创作产生了较大的影响。尽管小说没有出

1　Robert van Gulik.*The Chinese Maze Murders: a Chinese detective story suggested by three original ancient Chinese plots*.The University of Chicago Press, Chicago, 1997, pp.88-89.

现任何女同性恋侦探，但出现了相关人物和细节描写，而且这些描写往往与案情的发展有关，甚至成为案情侦破的关键。仍以《迷宫奇案》为例。在该书的第二十四章，高罗佩几乎用了整整一章的篇幅来描绘女同性恋李夫人的外貌以及看见黛兰时的异样神态：

> 黛兰看那李夫人，面相周正，但五官略嫌粗大，双眉稍浓……黛兰燃旺灶内余火……顷刻厨房香味扑鼻……然而李夫人只吃了半碗便放下碗筷，将手置于黛兰膝头……角落里有两只水缸，一冷一热……黛兰提起热水缸盖……快速褪去衣裤，舀了几桶热水倒在盆内。待其舀取冷水时，猛地听得身后有异动，旋即转过身去……李夫人边说，边盯着黛兰。黛兰顿时觉得十分惧怕，忙俯身捡取衣裤。李夫人走上前来，霍地从黛兰手中夺走下衣，厉声问道："你怎么又不沐浴了？"黛兰惊得忙赔不是。李夫人猛地将黛兰拽到身边，轻声说道："姑娘何须假正经！你这身段甚是漂亮！"

当然，像盖尔·威廉的《我们也在漂浮》（*We Too Are Drifting*, 1934）一样，高罗佩如此不厌其烦地细述女同性恋性爱的目的是给接下来的情节高潮做铺垫。果真，李夫人求爱不成，便凶相毕露，并丧心病狂地用白玉兰之死来威胁黛兰。只见她将布帘一拉，梳妆台现出白玉兰的血淋淋头颅。正当李夫人的尖刀刺向黛兰之际，窗外跃入了彪形大汉马荣，眨眼工夫他便打落了尖刀，又将李夫人的双手绑定。至此，白玉兰失踪案告破。

立足西方古典式侦探小说创作模式，选择性融入中国古代文化元素，一切以故事情节生动为准则，高罗佩的十六卷"狄公案"就是这样成为早期西方历史侦探小说的成功范例，同时也赢得世界千千万万读者的青睐。

黄禄善

2017年10月26日

黄禄善，上海大学外国语学院教授，上海作家协会会员、上海翻译家协会理事，英国皇家特许语言家学会中国分会副会长。译有《美国的悲剧》等十部英美长篇小说，主编过八套大中小外国文学丛书，其中由长江文艺出版社、花城出版社出版的"世界文学名著典藏"（精装豪华本）近二百卷。

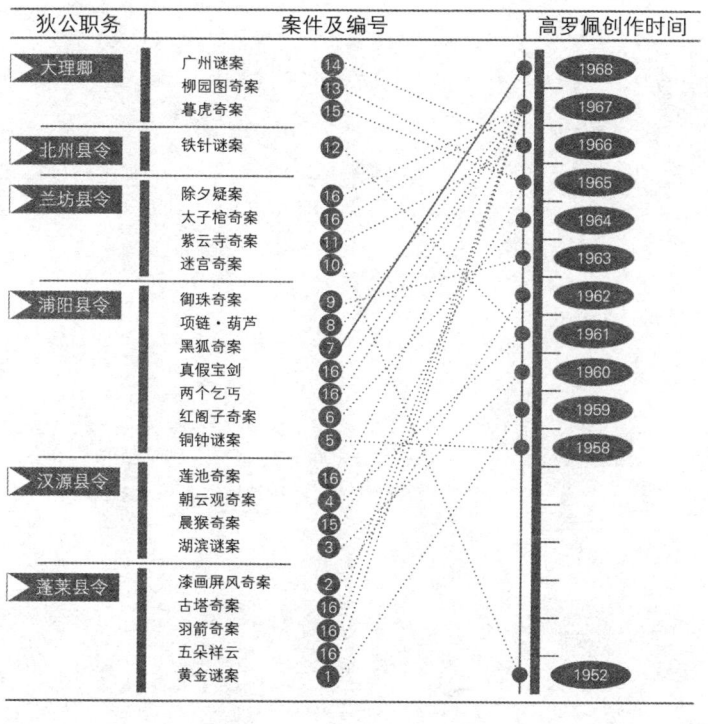

狄公职务	案件及编号	高罗佩创作时间
大理卿	广州谜案 ⑭ 柳园图奇案 ⑬ 暮虎奇案 ⑮	1968 1967
北州县令	铁针谜案 ⑫	1966
兰坊县令	除夕疑案 ⑯ 太子棺奇案 ⑯ 紫云寺奇案 ⑪ 迷宫奇案 ⑩	1965 1964 1963
浦阳县令	御珠奇案 ⑨ 项链·葫芦 ⑧ 黑狐奇案 ⑦ 真假宝剑 ⑯ 两个乞丐 ⑯ 红阁子奇案 ⑥ 铜钟谜案 ⑤	1962 1961 1960 1959 1958
汉源县令	莲池奇案 ⑯ 朝云观奇案 ④ 晨猴奇案 ⑮ 湖滨谜案 ③	
蓬莱县令	漆画屏风奇案 ② 古塔奇案 ⑯ 羽箭奇案 ⑯ 五朵祥云 ⑯ 黄金谜案 ①	1952

高罗佩·大唐狄公探案年表

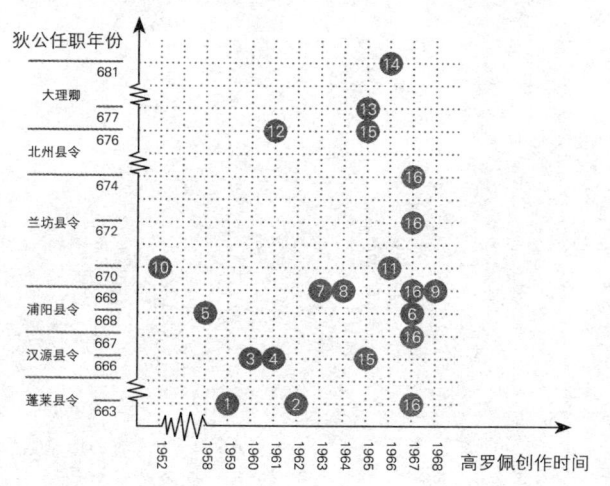

狄公任职年份

681 大理卿 677
676 北州县令 674
672 兰坊县令 670
669 浦阳县令 668
667 汉源县令 666
663 蓬莱县令

1952 1958 1959 1960 1961 1962 1963 1964 1965 1966 1967 1968 高罗佩创作时间

1.大门
2.前院
3.狄公寓所
4.邵学士寓所
5.张大人寓所
6.宴会厅暨庭院
7.第四进院落
8.女眷们寓所
9.狐仙祠暨法师寓所
10.后院与厨房

书中主要人物

黑狐奇案

一

▼

　　胖胖的如意法师，盘腿坐在睡榻边，一言不发，眼睛一眨不眨地注视着他的客人。过了一会儿，他用粗哑刺耳的嗓音回答道："不行，今天下午我就得离开金华。"粗壮多毛的左手里拿着一本破旧卷角的书，放在膝盖上。

　　站在如意法师面前的访客一时不知说些什么才好。访客是个高个儿的男子，身着蓝衫，外罩一件光滑的黑绸袍。为了寻访法师，他已足足走了整整一条寺庙街，已经很乏了，可是这个粗鲁的主人竟然连个座都没让。粗野的丑和尚还是别与那帮儒雅文人凑趣吧……他厌恶地瞥了一下眼前的胖和尚。他那颗剃得光光的大脑袋缩在肉滚滚的肩膀中间，面色黝黑，松弛的双颊上满是胡子楂，嘴唇厚厚的，连鼻子也肥肥的，一对大得出奇的眼珠鼓出来，让人觉得他太像癞蛤蟆了。空荡荡的屋里密不透风，胖和尚那打着补丁的袈裟散发出一股酸臭的汗味，其中还混杂着印度焚香的气味。洞明寺的另一侧传来诵经的嗡嗡声，那访客静静地听了一会儿，忍不住叹了一口气，接着道：

"罗大人会失望的，法师。我家大人今晚在宅邸请客，明晚还准备在翡翠崖设中秋宴呢。"

胖和尚鼻子里哼了一声，"罗大人应当明白，这也算是请客？他为何不亲自来见贫僧，只派了个师爷前来，嗯？"

"刺史大人路过此地，法师。今儿一大早，他就把我家大人叫到西城他下榻的驿所去了，州内的十四个县令都在那里议事。议事结束后，我家大人还得在驿所用午膳，刺史大人请客。"

他清了清嗓子，继续解释说：

"法师，我适才说的请客，并非是小范围内的宴请，而是我家大人邀请诗友们在一起聚聚。既然您……"

"还有哪些客人？"胖和尚突然插嘴问道。

"嗯，有邵学士，法师。还有御前侍读张兰波。两位都是今儿早上才到我家大人这里的……"

"贫僧认识他们多年了，知道他们的大作，见不见他们都一样。说起罗县令的'顺口溜'嘛……"胖和尚狠狠地瞥了访客一眼，突然问道："还有谁？"

"还有狄大人，法师。他是邻县浦阳的县令，也是应刺史之召而来，昨天到的。"

胖和尚兀自一惊。"浦阳狄仁杰？他怎么……"接着，他烦躁地问道，"他不会参加诗友聚会吧？老是听人说他迂腐得很，

如意法师面无表情地打量着访客（高罗佩　绘）

是个没趣的人。"

师爷仔细地将将黑胡须，然后一本正经地答道：

"法师，狄县令是我家大人的至交和同僚，我家大人视他如同宗至亲，因此狄县令理所当然会参与一切大小应酬。"

"你倒真是个滴水不漏的家伙，嗯？"胖和尚嘲弄道。他鼓起腮帮子想了一会，那模样比刚才更像癞蛤蟆了。然后，他张开厚厚的嘴唇笑了起来，露出一排参差不齐的大黄牙。"狄仁杰？"他那凸起的眼珠直盯着访客，若有所思地用手搓着长满胡子楂的腮帮，刺耳的吱吱声直钻师爷的脑门。胖和尚垂下眼皮，自言自语道：

"没准是一次有趣的经历。不知他对黑狐有何高见，听说那家伙绝顶聪明。"

突然，他抬起双眼，用粗哑的嗓音说道：

"你说你叫什么名字来着？姓鲍，姓郝，还是姓什么？"

"在下姓高，高放愿为法师效劳。"

胖和尚往高放背后瞅去。高放转过头去看，并无一人进屋。胖和尚忽然开口：

"好吧，高师爷，贫僧改主意了。你去告诉你家大人，贫僧接受他的邀请。"

他疑惑地瞥了一眼高放那不动声色的脸，厉声问道：

"贫僧且问你，罗大人是如何知晓贫僧住在这座寺庙里的？"

"人们都在传，说您两天前就到本城了。今天早上罗大人命我到寺庙街寻访，我便一路问到了这里……"

"哦，不错，贫僧原打算两天前到的，但事实上今早才到，路上耽搁了。当然这不关你的事。贫僧会在午宴前赶到罗大人府上。不要忘记给我安排素斋，外带一间安静的小房间。记住，小而干净。你可以回去了，高师爷。贫僧这儿还有几件事。虽说是个挂名的法师，但还是要管些事情的，尤其是丧葬仪轨。既要管死的，也要管活的！"

他笑声隆隆，厚厚的肩膀也随之抖动起来。突然，他猛地止住了笑，大声道："到时候见！"

高放毕恭毕敬地双手作揖，躬身行礼，转身退出禅房。

胖和尚打开膝盖上那本卷角的书，那是一册《谶纬秘籍》。他用粗壮的手指着标题念道："黑狐出洞，慎之。"说完，他合上书本，癞蛤蟆似的眼睛直盯着房门口。

二
▼

　　"熏鸭味道极美，"罗县令这么说着，两手交叉搁在自己的大肚皮上，"不过猪蹄子里的醋放多了。至少不对我的口味。"

　　狄公与罗县令坐在舒适的双人大轿里，一路从刺史驿所返回金华县衙。狄公靠在松软的靠垫上，用手捋着长长的黑胡子，说道：

　　"猪蹄好像是多放了醋，罗兄，不过还有许多别的美味佳肴，宴席实在是奢华。我看刺史大人是位能人，对时政见解敏锐，议事总结词也颇具教益。"

　　罗县令短粗的手优雅地挡了一下嘴，压下一个饱嗝。然后，他略略抬了抬头，开始捻弄圆脸上的髭须。

　　"不错，是有教益，不过有点儿乏味。哎哟，这轿里怎么这么热呀？"罗县令的额头上渗出了细汗，遂把那顶带翼翅的黑官帽往后推了推。他和狄公刚才是去见上司刺史大人，因此都穿着全套官服。秋日的早晨，寒意袭人，可这会儿正午的太阳直逼在轿顶上，晒得热烘烘的。

罗县令打了个哈欠，"好了，现在议事结束了。公事议完，咱们可以换个话题轻松轻松了！蒙狄兄赏光，在此小住两日，我已订了个周密的计划。不是自吹，一定让狄兄尽兴两日！"

"罗兄如此张罗，实在令人不安！请勿为我费心。如能在你的书房里看点儿书，我便……"

"你不会有多少时间看书的，老兄！"罗县令撩起了轿帘，轿子正行进在县城的正街上，商店门口张灯结彩的。罗县令指着形状各异的彩灯说："明天是中秋节了，我们今天晚上就开始庆祝！我安排了个晚宴，人不多，却是精挑细选的！"

狄公礼貌地微笑了一下。听到罗县令提起中秋节，他心里不禁有些遗憾。与其他节日相比，中秋更是家庭团聚的日子，一切大小事务都该由家中的女眷安排操持，孩子们也是一个重要的角色。狄公一直盼着能回到浦阳与家人共度佳节的，可是刺史大人却命他在金华再待上两天。刺史数日后方回州府，这两天也许会再召见狄公。狄公叹了一口气，他真想能立即回到浦阳。这倒并不全是为了回家过节，而是衙门里还悬着一桩复杂的诈骗案，他想亲自审理。这次狄公独自来金华，就是要让他的助手洪亮以及其他三个亲随都留在浦阳，让他们访查案情，收集证据，为案子的最后审理做好准备。

"嗯，你说请了些什么人？"

"学士院学士邵范文，老兄！他已经应允了！"

"你指的不是那位前任集贤殿知院事吧？就是不久前还起草机密诏令的？"

罗县令得意地笑了。

"正是他！当代大文豪之一。他的诗和文都是最好的。还有御前侍读张兰波也将光临。"

"哎哟，又是一个如雷贯耳的名字！罗兄，你实在不该自称诗门外行，这么多名人应邀而来，说明你……"

胖胖的罗县令赶紧抬手打住了他的话头。

"不不，不敢当！仅是巧合。邵学士正巧返京路过此地，而张大人是土生土长的金华人，这次是返乡祭祖。你知道，这金华的衙门以及我的宅邸所在，以前是亲王的夏季行宫，曾经属于那个臭名昭著的皇九子，就是二十年前意欲阴谋篡位的那一个。那里有许多独立的院落，还种了不少花草的园子。两位贵客之所以肯赏光，是因为他们觉得我那地方要比驿所舒适些！"

"罗兄过谦了！邵学士和张大人均非等闲之辈，若不是钦慕罗兄的诗才，是万万不会下榻府上的。他们何时能到？"

"现在应该到了，老兄！我已吩咐管家请他们在大厅内用午膳，由我的师爷代为招待。我想咱们一会儿就到家了。"说着，他把轿上的窗帘撩到一边，"哎呀，高放在那儿干什么？"罗县令把头探出轿窗，对着领班的轿夫喊道："落轿！"

轿子在衙门前缓缓落下，狄公看到一群人神色不安地聚拢在大门前宽阔的台阶上。着蓝衫外罩玄色袍的是金华县令的幕僚高放，而那个身材瘦削、穿黑边褐色衣裤、头戴红缨黑漆盔的必是衙役班头无疑。另外两人像是普通百姓。三名衙役分开站着，穿着跟他们班头一样的制服，只是帽盔上不带红缨。他们的腰间系着细链子，上面挂着各色链具刑具。高放快步走下台阶，在轿窗前躬身行礼。罗县令厉声问道：

"什么事，高放？"

"回禀大人，一刻前，茶叶铺孟员外的伙计报来一桩人命案。那个租住孟员外后院房子的宋姓书生被人割断了喉管。钱财一盗而空，案子好像发生在今天凌晨。"

"中秋前夕出了人命案！倒霉透了！"罗县令低声对狄公说道。随后，他神色忧虑地问高放："客人怎么样了？"

"大人刚走，邵大人便到了，随后张大人也到了。在下领他们看了各自住的院子，并代大人向他们致歉。两位大人刚要坐下用午膳，如意法师也来了。午膳后，三位客人都进房休息了。"

"好。这就是说，我可以马上去看现场，等客人们午睡起床后再回不迟。高放，叫衙役班头带两三人骑马开路，告诉他们保护好案发现场。你嘱咐仵作了没有？"

"吩咐了，大人。我还把被害人和房东孟员外的有关文书都取出来了。"他从衣袖内抽出一捆卷宗，恭恭敬敬地递给上司。

"干得不错！高放，你留在衙门里，处理来往公事！"

轿夫们都听得发呆，罗县令朝着领班的轿夫喊道：

"认得孟员外的家吗？在东门附近？好吧，快走！"

起轿，罗县令把手搭在狄公的臂膀上，连珠炮似的说：

"狄兄，真对不住，搅了你的午睡！你知道，我需要你帮忙出主意。刚刚酒足饭饱，我一人实在无力处置这桩人命案。喝过了酒，这时候该歇一会儿。我怕是多喝了几杯！"

他擦擦脸上的汗，急切地问道：

"狄兄，你不介意吧？"

"当然不，很乐意能尽点儿力。"狄公捋着胡须，平静地补充道，"尤其乐意跟你同去现场，罗兄，这样你就骗不了我了。还记得在乐苑的事吧！"

"哦，老兄，你也不是那么好对付的！我是说去年，你到这里来把那两个漂亮姑娘给抢走了！"

狄公暗暗一笑。

"算了，咱们两人打个平手！我看这个案子也许很平常，多数人命案都是谋财害命。咱们看看被害人究竟是什么人。"

罗县令赶紧把卷宗往他的同僚手里一推。"你先看吧，老兄！我闭一会儿眼睛，理理思路，行吗？到东门还远着呢。"他把帽子拉下来盖住眼睛，朝身后的靠垫上一靠，心满意足地吁了口气。

狄公把靠自己座位的轿帘拉开，想就着亮光看卷宗。打开卷宗前，他若有所思地看了看罗县令那张泛着红光的脸。身为县令，极少有机会看到同僚处理公务。没有上司的指示，县官是不允许擅离所辖县城的。再说，罗县令是一位非同寻常的人。他家财万贯，人们说他之所以接受金华县令这个职位，是因为在金华他可以独立行使职权，有条件或沉溺酒色，或吟诗作词。金华的县令不是那么容易当的，衙门官邸宫殿般豪华，没有外财的县令是绝对维持不了的。官场里有一种说法，正是因为罗县令家财万贯，才使他端坐在这个职位上。狄公却不人云亦云，他怀疑罗县令花天酒地、不事公务是一种假象，是精心的伪装。事实上，他把金华县治理得有条不紊。刚才，罗县令决定亲自勘察案发现场，给狄公留下了良好的印象。换了其他县令，都会把现场勘察的活儿交给下属去干。狄公展开卷宗，最上面一页记有被害书生的详尽资料。

被害人宋依文，二十三岁，尚未婚娶。乡殿两试后，成绩名列前茅，享受官府发给的膳食津贴。他衣食无虞，正致力于校订一部旧时的史书。宋依文是半个月前来金华的，他去衙门登记，要求居留一个月。他曾对高放说过，来金华只是为了查阅县志。数百年前，确切地说，就宋依文研究的那个朝代，金华曾经爆发过农民暴动，宋依文希望透过查阅那些尘封的文档能补充一些史料。高放允许他到档案室查阅。从来访记录上看，宋依文每天下午都在衙署的文案室里。这便是关于此人的全部资料。

剩下的卷宗是关于宋依文的房东，也就是茶商孟苏采的情况。孟员外是从父亲手里继承这个茶铺的。十八年前，他娶了同业黄掌柜的女儿为妻，育有一女一男，女儿十六岁，儿子十四岁。孟员外还有一个正式的妾。卷宗里婚书和出生证明等户籍文书一应俱全。狄公不禁满意地点了点头，高放无疑是个勤快的助手。孟员外年已不惑，他按时纳税，还资助几个慈善机构，显然是个佛教徒，因为他是寺庙街上洞明寺的施主。提起佛教，狄公想起了什么事。他轻轻搡了一下正打着呼的罗县令，问道：

"你的师爷说一个法师怎么了？"

"法师？"罗县令睡眼惺忪地望着他。

"好像听高放说起，有个法师在你府上用午膳？"

“不错！你一定听说过如意法师吧？”

“没有，我跟佛教圈子里的人来往不多。”作为一名忠实的儒家信徒，狄公并不赞同佛教，而浦阳县晋慈寺内那些和尚见不得人的行径，更加深了他的成见。

罗县令咯咯地笑出了声。

“如意法师不属于任何圈子。狄兄，见见他确实很有意思，你会喜欢与他交谈的。我的头现在舒坦了一点，让我瞧瞧这些文书吧。”

狄公把卷宗递给他，然后默默地往后一靠，路上再也没说什么。

三

▼

　　茶铺孟员外的家在一条狭窄的小巷里，轿子勉强能过。两旁
的高墙和斑驳的绿瓦表明这些房屋已有些年代了，同时也看得出
这里的住户大多是殷实的人家。轿子在一个镶铜包铁的黑漆大门
前停了下来，立刻围上一群好奇的看热闹的民众。领班的轿夫扬
起手中的鞭子，人群倏地散开了。两扇黑漆大门缓缓打开，轿子
经过门楼时，高高的轿顶华盖把黑乎乎的椽子擦了个干净。

　　狄公跟在罗县令后面走下轿来，迅速打量了一下前院。只见
院子收拾得齐齐整整，两棵高大的紫杉木树荫使院子显得静谧、
凉爽。他们朝着通往客厅的花岗石便道走去，一个身着草绿色袍
子、头戴马毛呢黑色方帽的瘦削男子慌忙迎了上来。罗县令迈着
细碎的步子快速走向那人。

"我想你就是孟员外吧？久仰！今日幸会金华最有名的茶铺老板！真是糟糕，在你这所古老的豪宅里竟然发生杀人抢劫案！而且又是在中秋前夕！"

拜见过两位县令后，孟员外便开始道歉，说他给官府添麻烦了。罗县令打断了他。

"孟员外，当官的就是得为民做主！这一位是我的朋友，也是同僚，来人报案时他恰巧与我在一起。"罗县令把纱帽往后推了一下，"快，带我们去现场。我记得是在后院。"

"正是在那里，大人。我可以先在客厅里请两位大人用些茶点吗？然后再向两位大人讲述事情经过……"

"不，不必客气了！请带路去后院。"

孟员外的脸色一沉，但还是顺从地躬身行礼，然后带他们顺着客厅外的游廊往后院走去。后院四周是围墙，墙下摆着一排排盆花。两个丫鬟瞧见主人陪着两位官府老爷从墙角转过来，一阵风似的避开了。衙役班头走在这一行人的最后面，腰间挂着的铁铐链随着脚步叮当作响。孟员外用手指着对面的一片房屋道："那是在下家眷的住处。我们从左边的小径绕过去。"

屋檐下，一行人铺着石子的小路往前走。透过小路旁的红漆格子窗，狄公瞥见屋里有一张苍白的脸。他猜想那是个年轻漂亮的姑娘。

他们来到一个阔大的果园，长着各种果树，树下是乱糟糟的矮灌木丛。

"先母嗜好养草种树，"茶铺老板说道，"她在世时亲自督管花匠。去年她去世后，我没有工夫……"

两位知县前往孟员外家勘察命案（高罗佩　绘）

"是啊，"罗县令说着，撩起袍子。园子里弯弯曲曲的小径两旁尽是有刺的草木。"那边的梨子看上去一定好吃。"

"回大人，那是一种特殊的品种，又大又好吃。哦，宋相公租的院子还在后面，这儿只看得到屋顶。两位大人现在该明白我们为什么在夜间听不到喊声和动静了，我们……"

罗县令停下了脚步。

"昨天夜间？那怎么到今天中午才报案？"

"回大人，中午才发现出了事。宋相公总是在街角的摊上买油饼当早餐，一般是自己泡茶。午餐和晚餐是我家丫鬟送去的。今天中午丫鬟送饭去时，他未曾开门，丫鬟便把我叫来了。我敲了几下门，又喊了宋相公的名字，但屋里没有声响，我怕他病倒了，便唤管家来把房门卸下……"

"明白了。来吧，咱们接着看！"

这是一幢低矮的砖房，位于果园后面。一个衙役正守在门口，他小心翼翼地打开门，因为门上的方格已被打碎，门轴也脱落了。一行人步入那间小小的书房，孟员外气恼地说道：

"两位大人，瞧瞧凶手把这地方糟蹋成什么样子！这里是先母最喜爱的房间。先父去世后，她差不多每天下午都来……那时这里很安静，窗前能看到她的那些树，她就坐在这张书桌前看书写字。这会儿……"他神色黯然地瞥了一眼临窗的花梨木书桌。书桌的抽屉全都拉了出来，里面的东西散了一地：文书、名刺，还有笔墨等。在一张扶手椅边上还撂着一个红色的皮制钱箱，盖子掉下来一半，箱子是空的。

"我猜想令堂生前爱好诗词。"罗县令自得地说道。他打量了一下靠墙的书架，上面堆着书卷，书名都标在整齐划一的红色标贴上，书页中露出里面的书签。罗县令走过去取下一卷，想了想，突然问道：

"后面那个门帘通往卧室，对吗？"

孟员外点点头。罗县令一下子把门帘扯到边上。卧室比前面的书房稍大些，靠后墙是一张式样简单的床，盖被已经掀开，床头边摆着一张小桌，上面的蜡烛已经燃尽了。墙上挂着一支长长的竹笛。床对面放着一张雕花的乌木梳妆台。原先在床底下的红色猪皮衣箱被拉了出来，掀开的箱盖下露出一堆皱巴巴的男子衣物。后墙有一扇门，很坚固，还有一道粗大的门闩。一个身穿蓝色长袍的矮胖男子蹲跪在地板上的尸体旁边。狄公从罗县令身后望去，被害人是个瘦骨嶙峋的男子，端正的脸上留着小胡须，下颌也蓄着胡子，发束散开了，头发粘在地板上凝成块的血泊中。头旁边掉着他的黑帽子，上面也溅着血迹。死者身穿白色睡袍，脚蹬软毡鞋，鞋跟上沾了些干土。他的右耳下方有一道骇人的伤痕。

仵作见罗县令进来，迅速起身，施了个礼。

"禀大人，死者右边颈动脉被利器割断。估计出事时间在午夜。原先他是面朝下趴在这里，我把他翻过来，看看有没有其他伤处，但没发现什么。"

罗县令喃喃地说了些什么，随后便转身对着一直站在门边的孟员外。他手捻着小胡须，若有所思地朝孟员外看了一眼。狄公觉得孟员外颇有学者风度：长脸，肤色略黄，下垂的胡须和颔下稀疏的山羊胡衬得他的脸更为瘦削。

"孟员外，你也说过是午夜，"罗县令突然发问，"为什么？"

"我想是这样的，大人，"孟员外不慌不忙地说道，"尽管宋相公当时身着睡袍，可他并未就寝。我们知道他睡得很晚，屋里的灯一般都亮到午夜。因此，我猜想是宋相公刚要上床安睡之际，凶手闯了进来。"

罗县令点点头。"那凶手是如何进得屋里来的呢，孟员外？"

孟员外闻言叹了一口气，摇着头回答说：

"回大人，宋相公似乎有些心不在焉。丫鬟曾告诉内人，说她们给宋相公摆桌子准备用餐时，宋相公经常坐在那里一动也不动，只顾沉思默想，跟他说话也不搭理。昨夜他忘记插上这屋里后墙上的门，也没有把园子的大门闩上。请往这边来，两位大人。"

后门外的小园子里，一名衙役正坐在一张摇摇晃晃的竹凳上，看见两位县太爷过来，慌忙起身。见此，狄公不觉心头一动，暗暗赞叹罗县令对手下人管理有方——派人看守所有接近作案现场的通道，往往被一些敷衍了事的官员所忽略。狄公扫视了一下那个用作厨房和洗漱间的小棚屋，就跟着罗县令与孟员外一起从园子高墙上开的小门走了出去。衙役班头也跟着一行人来到了门外的小巷里。小巷的一边是孟家高高的围墙，另一边是沿街的屋子。孟员外指着小巷里一堆堆的垃圾说道：

"两位大人，每到深夜，这里总有流浪汉和拾荒者转来转去，在垃圾堆里翻找东西。我曾告诫过宋相公，让他晚上闩上园子的门。昨天夜里他一定是出去散步了，回来时忘了闩门。他卧室的后门也没闩上。出事后，我发现那扇门是半掩着的。园子门倒是关上了，不过没上门闩。我领你们看。"

孟员外把一行人带回园子里，园子门边的墙上靠着一根粗大的门闩。孟员外接着往下说：

"两位大人，当时的情景不难推测。一个路过外面小巷的恶棍发现园子门半掩着，于是溜了进来，心想屋里的人应该已经熟睡，所以又进了屋。没料到宋相公正在铺床准备就寝，马上就发现了他。恶棍一看宋相公孤身一人，当场就将他杀死，然后把卧室和书房翻了个遍，找到钱箱后，带着钱从原路出去。"

罗县令缓缓地点点头，"宋书生的钱箱里经常有大笔钱财吗？"

"这个我说不上。他预付了一个月的房租，不过一定留有返回京城的盘缠。衣箱里也许还有些小玩意儿。"

"我们会尽快抓到凶手的，大人！"衙役班头说道，"那些恶棍总是一得手就大把花钱。大人，我要不要叫人去酒馆和赌场巡查一下？"

"对，要去。让他们到当铺也细细地访一访。备副棺木先把尸体收一下，厝在衙门的停尸房里。还要通知他的亲属。"罗县令转向孟员外问道：

"宋依文在此可有亲友？"

"回大人，显然没有。从未有人来这里问起过他，据我所知，他也没有接待过访客。宋相公做事谨慎，读书用功，与人交往不多。我们初次见面时我就告诉他，随时欢迎他饭后来喝杯茶，聊聊天。可是半个月过去了，他从未来过一次。这多少让我有些意外。他是个知书达理、善于辞令的年轻人，作为对房东的一般礼节，他总该……"

"好吧，孟员外。我会让我的师爷给京城的礼部上书，提请他们通知宋依文的家属。咱们回书房去吧。"

罗县令让狄公坐在书桌前的扶手椅上，自己则拉了一个圆凳坐在书架边，从书架上取下几卷书翻看起来。

"啊哈！"他喊了起来，"令堂生前极爱文学，孟员外！她还读那些不出名的诗人作品。至少以官方标准来说是不出名的。"他瞥了狄公一眼，然后面带笑容地说："孟员外，我这位朋友狄兄比较保守，大概不同意我的话。但我个人认为，那些所谓的无名诗人比起钦定诗目里那些官府认可的诗人更富独创性。"他从书架上换了几卷，一边翻看，一边头也不抬地接着往下说：

"既然宋书生在金华无亲无眷，那么孟员外，他是如何知道你要出租后院的呢？"

"半个月前，我去拜访大人的师爷高放，正巧宋相公在那里办登记。高师爷知道我在先母去世后想出租这个院子，于是把我介绍给宋相公。我带那书生看了这个院子，他十分满意，说这里正是他中意之居。他还说，如果查阅文案需要时间比预计得长，他会延长租期。我也很高兴，因为这事不容易……"

孟员外突然住嘴，不再往下说了，因为他看到罗县令似乎并未在听，而是聚精会神地在读他膝盖上那本书中夹着的小纸条。看完后，罗县令抬起头来。

"孟员外，令堂的批注切中要点，而且写得一手好字！"

"回大人，先母在世时，每天上午都练书法，即便后来眼神不济了，仍坚持不懈。先父对诗赋也极有兴趣，他们常在一起研讨……"

"好极了！"罗县令高声说道，"孟员外，府上不愧是书香世家。我想，你本人也一定秉承了这一家风啰？"

孟员外苦笑了一下。

"很遗憾，苍天只赐才于一代人，我本人毫无文采。不过我的一子一女……"

"很好！这样吧，孟员外，我们不想多耽误你，你肯定急着回铺子。是在大道与寺庙街的拐角上吧？铺子里有没有南方的苦汀茶？有？好哇，我会吩咐管家去订货。吃了油腻之后喝这种茶最好。我会尽力及早抓获歹徒的，有了消息会立即通知你。你走吧，孟员外。"

孟员外向两位县令行礼告辞，衙役班头把他带了出去。当屋里只剩下两位县令时，罗县令把原先取下来的书慢慢放回书架上。他把书一卷卷小心地插好，然后双手手指交叉放在肚子上，往上转动着眼珠，大声叹道：

"老天，真是倒霉，狄兄！偏偏在我要招待贵宾的时候，被这样一桩棘手的谋杀案缠住！破这个案子很费工夫，凶手很狡猾，那顶帽子是他犯下的唯一错误，你同意吗，狄兄？"

四

　　狄公狡黠的目光扫了罗县令一眼。他往椅背上一靠，不紧不慢地用手捋着腮边的胡须说道：

　　"是的，罗兄，我完全赞同你的意见，这绝不是什么过路的恶棍谋财害命。即使我们认为宋依文一时大意，忘记闩上园子门和卧室门，那么强盗看见门未关严，也该在外面观望一会才敢进屋。譬如说，他可以在窗纸上抠个洞往里窥视，如果他看到宋依文正在铺床准备睡觉，就会在外面待上个把时辰，确信宋依文已经睡熟后再进去。"罗县令一个劲地点头，狄公接着往下说：

　　"我猜想是宋依文脱了帽子和外套，换上了睡袍，正在铺床，听到有人敲园子门，于是他又戴上帽子，走到外面去问是谁。"

"正是如此！"罗县令说道，"你也看到他的软鞋底上粘着土。"

"看到了，来人肯定是宋依文的熟人。他把门闩下掉，将来人引进屋里，也许是请来人先到书房坐，自己则在卧室里穿外套，但就在宋依文转身的刹那，来人从背后向他刺去。我说从背后刺，是因为伤口在被害人的右耳下方。不管怎么说，我赞同你说的，把帽子留在当时掉落的地方是个破绽，因为没有一个人在脱衣服的时候还戴着帽子。凶手应当除去帽上的血迹，把它放到床头小桌的烛台旁边。"

"一点不错！"罗县令喊道，"不过，咱们暂时仍称这案子为谋财害命，以免打草惊蛇。至于杀人动机，我看很可能是敲诈，狄兄。"

狄公直起身子，"敲诈？从何说来，罗兄？"

罗县令从书架上拿下一卷书，翻到夹着有字的小纸条的那一页。

"你瞧，狄兄。孟老夫人讲究整洁，她的书都摆得整整齐齐，可这会儿书卷的次序都搞乱了。还有，她每逢看到特别喜欢的诗，就把自己的评注写在这样的小纸条上，夹进书中，正对着所评的那首诗。刚才我跟孟员外边谈边翻书，发现有不少纸条夹错了地方，有的甚至马马虎虎没照原先的折缝折好。现在我可以说，也许是宋依文干的。可我还发现书后面书架板上的灰尘有新碰过的痕迹。我看这个凶手在房间里四处翻寻，只是要造成劫财的假象，而他真正的目的是在寻找一份文书。你说，如果你要藏匿一份重要的文书，有什么地方能比满满一屋子书的某一卷里更安全呢？如果说另一个人不惜动手杀人来得到这份文书，那就有理由认为这份文书可以被用来控告某人，所以也就想到敲诈了。"

"罗兄，你的分析极为正确。"狄公轻轻拍着书桌上的一小摞便笺接着往下说，"这些便笺证实了你说的话，凶手在寻找一份文书。这都是宋依文查阅的历史资料笔记，前面六页写满了他那漂亮的蝇头小楷，后面五十来页还是空白的。看得出来，宋依文是个有条理的人，他把每张纸都编了页码。然而这摞纸是歪着的，甚至有几张空页上还沾有灰尘的指印。这就是说，凶手仔细翻过这摞纸。哪有一个过路的恶棍会花工夫去翻一摞手稿呢？"

罗县令站起身来，深深叹了口气。

"既然那歹徒整夜都在搜寻那张倒霉的纸，他很可能已经找到了！不过，我看咱们还是把这屋里再查一遍吧，狄兄，看看究竟被他找去了没有。"

狄公也站了起来，他们两人一起把书房彻底检查了一遍。狄公把散落在地板上的文书全都捡起来，然后一一放回抽屉里。他说：

"所有这些文书都是孟家的账单、字据什么的。属于宋依文的只有这一本小册子，题为《长笛曲》，是宋依文的手迹，还盖了他的章。据我看，这是一本缩略乐符写的乐谱，很复杂，我看不懂。里面有十几首乐曲，不过曲名和唱词都没有写上。"

罗县令正在翻看地板的垫子，听了狄公的话，他直起身说道：

"不错，宋相公会吹笛子，他的卧房里就挂着一支长笛。我以前也吹过笛子，所以马上就注意到了。"

"你见过这种符号吗？"

"没有，我吹笛子全凭感觉。"罗县令高傲地答道，"哟，咱们现在去卧室看看吧，狄兄，这儿没什么东西了。"

狄公把乐谱塞到衣袖中，两人一起来到卧室。仵作站在梳妆台边正在奋笔疾书尸格，旁边放着他那套随身携带的笔墨等物。罗县令从墙钉上把系着丝带的笛子取下来，用力把袖子往上一甩，遂放到唇边。可是他只吹出几个刺耳的、不成调的音符。罗县令放下笛子，一脸无奈地说：

"以前还吹得不错，现在生疏了。这倒是个藏匿文书的好地方，卷紧塞进去。"

他朝笛子管内细细看了一会儿，然后不快地摇摇头。

他们又检查了衣箱，仅仅发现宋依文的户籍证明和几份有关他考试结果的文书，没有任何私人的信件或便条。

狄公抖抖衣袍上的灰尘，说道：

"据孟员外说，这宋依文在金华没有熟人，不过他也承认自己极少见到他的房客。罗兄，咱们必须问问给他送饭的丫鬟。"

"狄兄，这事只得留给你处理了，我实在该回去招待我的贵客了。今天早上，我的大太太、七姨太、八姨太都来找我，要与我商量中秋置办节礼的事情。"

"好吧，我来讯问。"狄公陪着罗县令往门口走去，一边又说："明晚的宴席可以让孩子们大饱口福了。罗兄，你有几个小孩？"

罗县令高兴地咧着嘴。

"十一个男孩，六个女孩。"罗县令得意地大声答道。然而紧接着，他的脸就沉了下来。"八房妻妾，负担很重啊，狄兄。我是指情感上的负担。来金华时，我仅有三房妻室，你是知道的。在外交朋友，把太太留在家中似乎要简单得多，可是这样一来，她似乎就成了受委屈的小媳妇！狄兄，地位的变化会影响女人的性情，让人很是伤感。一想起我的八姨太当年在蓝宝阁跳舞时的可人劲……"说到这里，他突然一拍脑门，"老天，我差点儿忘了！我得在回去的路上到蓝宝阁挑几个姑娘，吃晚饭的时候给我们跳跳舞。我请的客人应当享受到最好的，所以每次我都亲自去挑。哎，所幸蓝宝阁距此仅两三条街。"

　　"那是个青楼吗？"

　　罗县令责怪地瞪了他一眼。

　　"我的老兄！不是的！那是个教坊，也可以说是艺人高手荟萃的所在。"

　　"艺人高手荟萃之所，"狄公冷冷地说，"那宋生单身一人在此，也许会在晚间去那里消遣。最好问问他们是否记得像宋生那样长相的人。"

　　"好的，我会问的。"罗县令突然咯咯地笑起来，"今晚你得留心一个小插曲，特意为你准备的，狄兄！"

　　"你不要玩那种把戏！"狄公有些恼怒地说，"真弄不懂出了这种谋杀案，你怎么还会想着跟女人闹着玩……"

　　罗县令抬起手。

　　"大哥冤枉小弟了！我的小插曲是一桩错综复杂的判例。"

　　"哦，是这样的，我……我知道了。"狄公有些歉疚，但很快又接着说："不过，罗兄，我看咱们别再插进来什么判例了，宋依文的案子也够复杂了！要是那倒霉的书生是本地人，我们至少知道该去什么地方寻找线索。可是照目前的情况，他偶然到这里，恐怕……"

"狄兄，你是知道的，我向来不将公事与儿戏混为一谈。"罗县令一本正经地说，"宋生谋杀案是公事，而我说的小插曲纯粹是推理问题，因为那个案例与你我毫不相干。今天晚宴上你会见到主要的当事人，狄兄！这是个很惹人的谜，不猜透你不会罢休的！"

狄公怀疑地瞥了自己的同僚一眼，他轻快地说："请让管家把伺候宋生的丫鬟带来，再派一顶轿子来接我，行吗？"

罗县令经过果园时，两人抬着一副竹担架走了过来。狄公把他们两人引进了卧室。趁两人用芦席将尸体裹上、放在竹担架上时，狄公读完仵作递给他的尸格，遂纳入袖中，说道：

"尸格中仅指出致命处系利器所为。我看那伤口并不平整，有点凹凸不平，会不会是凿子、锉刀，或者别的什么木匠工具？"

仵作噘嘴，道：

"很可能，大人。因为没有找到凶器，我便没有深究。"

"知道了。你可以走了，我会把尸格交给罗县令。"

一个驼背老头带着两个姑娘走了进来，那两个姑娘都穿着简朴的蓝袍，腰系黑带子。那年龄小些的个子矮小，相貌平平；另一个长着圆圆的脸蛋，甚是可爱，举手投足间表明她知道自己的容貌姣好。狄公示意他们一起到书房去。狄公刚在扶手椅上落座，那老管家便把那小个儿的姑娘往前一推，行了个礼，说道：

"这是牡丹，大人。她曾给宋相公送午膳、打扫房间和铺床，另一个叫翠菊，她专送晚膳。"

"牡丹，"狄公和颜悦色地招呼道，"宋相公一定给你添了不少麻烦，特别是他有客人的时候。"

"哦，不不，大人，宋相公从来没待过客。即使多做一点儿活我也不在乎的，大人，自从老夫人去世后，这里没有多少活可干。家中只有老爷和大太太、二太太，还有一位少爷、一位小姐，他们一家都是好心肠的人。宋相公也是善良的好人，我给他洗衣服他还另给小钱。"

"他常和你闲聊，是吗？"

"回大人，那只是打个招呼而已。他是有学问的人，想到他是……真吓人……"

"谢谢你。管家，把牡丹带出去。"屋里只剩下他与那年长些的姑娘时，狄公接着又说："牡丹是个乡下小姑娘。翠菊，你看上去像是个懂事的城里女孩，而且……"狄公期待着翠菊的笑容，可是翠菊却一个劲地盯着他看，大眼睛里闪着恐惧的神色。突然，她开口问道：

"大人，管家的话是真的吗？他说那个人的喉管被咬断了？"

狄公扬起眉毛。

"咬断了，你说？胡扯些什么呀？宋相公的脖子是被割……"他想起了那凹凸不平的伤口，说了一半的话又咽了回去。"说下去！"他暴躁起来，"你说咬断了是怎么回事？"

她低头看着紧扣着的双手，郁郁不快地答道：

"宋相公有个相好的。我跟邻街大茶馆的大伙计相好。一天晚上，我俩正站在后边巷子的角落里说话时，看见宋相公偷偷摸摸溜出去，全身黑衣裤。"

"见他在哪儿会他的相好吗？"

"没有，大人。不过，两三天前，他问过我孔庙后面的银饰店还卖不卖那种带金银丝球的发簪。他肯定想给女人买件礼物，可是，她……她杀了他。"

狄公怀疑地看了她一眼。

"你究竟是什么意思？"狄公温和地问道。

"她是狐狸精，大人！狐狸精扮成漂亮女子，把宋相公迷住了。等到宋相公完全受她控制时，她就咬断他的喉管。"翠菊看到狄公脸上那种不屑的笑容，很快接着往下说："我肯定宋相公被一种符咒镇住了！他自己也明白的，有一次他问我，这儿是不是有很多狐狸，它们在哪儿……"

"像你这样头脑清醒的姑娘，"狄公打断了她，"实在不该相信什么狐狸精之类的蠢话。狐狸又可爱又聪明，它们不伤人的。"

"这儿的人可不这么想，大人。"她固执地说道，"我说给你听吧，他是叫一只雌狐狸给迷上的。你要是听到过他在夜里用笛子吹的那些怪调子就好了。整个园子里都是那种怪调子，我在给小姐梳头时也听见了。"

"刚才走过内眷住的屋子时，见到有个美貌的小姐在往窗外看。我想那就是孟员外的女儿，对吗？"

"准是她，大人。有德才为美，她慷慨大方，是个好姑娘。只十六岁，人家都说她擅长作诗。"

"翠菊，还是再说说你的相好吧。宋相公去过你相好干活的茶馆吗？你说过，离这儿很近。"

"没有，大人，他从未见过宋相公。这儿的酒馆、茶馆，他全知道，了如指掌！大人，求您别跟孟老爷说起我相好的事，孟老爷是老脑筋……"

"不用担心，翠菊，我不会说的。"狄公站起身来，"十分感谢。"

到了门外，狄公让管家把他引到大门口，一顶小轿正在那儿等他。

在回衙的路上，狄公思忖着，在回浦阳之前，这桩谋杀案恐怕是破不了。不论怎么看，这个案子很费时间，真是令人头痛。算了，罗县令懂得如何对付。刚才在现场就处理得有条不紊，再说他又是个精明人，毫无疑问，他早晚会意识到此案极可能是府内人所为。茶铺老板看上去急于要使他们相信，这是一个过路恶棍所犯下的罪行。各种各样的可能性都有。

狄公从袖笼里抽出宋依文的六页笔记，仔仔细细地阅读起来。然后，他往后一靠，捋着胡须默默地思考。笔记切中要点，列出了正史上没有提及的起义领袖名单，摘录了二百年前金华农民暴动时的社会经济情况。然而，半个月来，宋依文每天下午都待在衙门文案馆里，只有这几页笔记似乎就难以说明问题了。狄公决定要让罗县令意识到，宋依文到文案馆查阅史料不过是个幌子，他来金华可能还另有目的。

说也奇怪，金华这地方的人对狐狸如此迷信。人们普遍认为狐狸有超自然的魔力，街市上喜欢饶舌的人皆热衷于渲染狐狸的故事：说狐狸怎样变成美女勾引年轻男子，或者说如何变成颤巍巍的老头，把纯真无邪的姑娘引入歧途。可是照古老的说法，狐狸是专镇恶魔的。因此，人们往往能在旧时的宫殿或公堂上看到供狐仙的小神龛，据说是用来避邪的，尤其可以护官印，那是权力的象征。狄公记得，在罗县令的府邸也曾见过那样的神龛。

　　想到罗县令提到晚宴时为他准备的小插曲，狄公心中不禁忐忑起来。他对罗县令特有的恶作剧式的诙谐极度怀疑，天知道他会做出什么事来！罗县令提过有一位客人正陷于官司之中，那个人应该不会是学士，也不会是御前侍读，因为他们都是声名显赫的高官和文豪嘛，不管是打官司还是解决什么别的个人麻烦，全都易如反掌！一定是那个禅宗和尚惹了什么麻烦。好吧，反正很快就会知道了。狄公闭目养神。

五
▼

　　罗县令府邸对面是县衙的文案馆。狄公顺着宽阔的过道一路
走去，只见十几个书吏正坐在高高的书案前奋笔疾书，书案上堆
着一摞摞的文书档案等物。县衙是全县的行政中心，因此不仅是
刑事审判在此进行，其他诸如出生、死亡、婚姻登记，还有土地
买卖手续等均在此办理；县衙还负责征税，包括土地税在内。狄
公走过过道尽头大厅的格栅时，从敞着的格栅看见高放正在伏案
工作。他与高师爷只是见过面，并不熟识。狄公一时兴起，便推
门而入。屋里打扫得一尘不染。

　　高放抬头一看，赶紧起身。

　　"大人，请这边坐！我给您沏茶！"

　　"不必了，高师爷。我不便久坐，罗大人那里还等着我呢。

罗大人有没有告诉你我们到宋依文案发现场的结果？”

“回大人，罗大人赶着去见客人，路过门口时，命我向礼部禀报有关宋依文被害身亡一事，并请他们通知其亲属。”高师爷递给狄公一份草稿，补充说道：

“我还请礼部征求其家属对后事的意见。”

“很好，高师爷。最好再请他们提供宋依文的有关背景，以便补全档案。”狄公将草稿还给高放，接着说：“孟员外告诉我们，是你把宋依文介绍给他的。你跟茶铺老板熟吗？”

“回大人，是这样的。五年前，在下由州府举荐来到此地，在棋弈社与孟员外结识。我们每七天左右见一次面，下盘棋。他人品极好，做事谨慎，却一点儿也不古板，并且是个弈棋高手！”

“孟员外为人板正，我想他治家严谨，不会有什么家丑秘闻吧，或者……”

“绝对没有，大人！我得说孟员外是个治家典范！我曾到孟府做礼节性的拜访。那时孟老夫人还在世，我有幸得见。本地人都知道她是位诗人。孟员外的公子也是极有才华的后生，仅十四岁，在县学就读，名列前茅。”

“不错，我对孟员外印象极佳。好吧，谢谢你的介绍，高师爷。”

高放引着狄公来到罗县令府邸那牌楼式的大门前。狄公刚要进门，忽见一个宽肩阔背的差官由门里出来。那人身背一把大砍刀，穿绳红边的黑衣，帽盔上拖着长长的红穗子，一看便知是个都头。狄公想上前问他是否带来了刺史的口信，可是一看到都头胸前挂着的圆形铜牌，便打消了念头。那铜牌表示他正在执行押解犯人赴京的公务。身材高大的差官急匆匆地穿过院子赶上高师爷。狄公心中纳闷，不知是押解什么样的要犯途经金华。

他走进右侧第一进院子，打开一扇红漆小门，里面是罗县令专为他安排的院落。地方不大，但自成一体，高高的围墙给人一种惬意的私密感。他的卧室兼起居室很宽敞，屋前有一条红漆梁椽的走廊，走下两级台阶便是方方正正的小院。小院铺着彩色的地砖，院中央有个鱼池，池子的后面是假山。狄公在走廊上伫立片刻，欣赏着眼前怡人的景色。假山的石头上长满了青苔，石缝里冒出一簇簇嫩竹，还夹着一小簇艳红的浆果。小院的墙外是高高的枫树，一阵轻风拂过，树叶闪着红色、黄色和棕色。那是金秋的彩妆。狄公心想，这会儿该是申时正了。

他转身推开红漆门走进屋里，径自朝茶几处去取茶壶，他实在太渴了。可是茶壶是空的。算了，没关系，他马上要去拜访的两位主人都会给他茶喝的。这时候，狄公面临的问题是，赴宴时要不要换衣服。学士和御前侍读都比他年长资深，按理说，应该穿着全套官服去。然而，他们两人如今都已离职了，集贤殿知院事一年前便退休了，张兰波也已辞官，一心专注于编撰他的诗集。这时若着官服晋见，他们可能会误认为狄公傲慢，有意显示自己的身份。狄公不由叹了口气，想起"伴君如伴虎"这句俗语。最后，他决定换上长袖官袍，系上黑色宽腰带，头戴乌纱方帽。出门时，他心中期盼着这身得体的穿戴能得到两位大人的认可。

罗县令宅邸的前院和狄公下榻的小院是平房，其余的院落都是两层楼房，还带有宽敞的露台。狄公看到高高的露台上有许多男女仆役正来回忙碌着，显然是在准备晚上的宴席。看上去，罗县令一家主仆不会少于一百人，再算算维持这座豪宅所需的银钱，狄公不禁打了个寒战。

他叫住一名仆从，从仆从那里得知，罗县令把位于第二进院子左侧自己的书房让给了邵学士，而把御前侍读安排在右侧的角房里。狄公让那仆从先带他去书房。

他敲了敲雕花的门板，里面传出低沉的嗓音："请进。"

罗县令的书房既美观又舒适。房间大而敞亮，宽宽的格子窗贴着洁白的窗纸，衬出窗格上线条复杂的图形。两面靠墙的位置摆放着书架。书架上摆满了书，书卷之间点缀着几个精美的古瓷碗和花瓶。屋里是清一色的雕花乌木家具，桌面是彩色大理石，椅子上放着红缎子靠垫。正对面墙的书架前放着一张宽大的卧榻，卧榻两侧立着两个紫檀木架子，上面的大花瓶里插着黄、白两色菊花。一个身材敦实、肩阔膀圆的男子正坐在卧榻上看书。见狄公进门，他把书本放下，扬起浓眉，好奇地打量了一下狄公。那人身着肥大的宝蓝色长袍，敞着衣领；头戴黑绸帽，前面镶着一块圆形的青玉；腰间带子长长地拖在地板上。他的下巴又大又厚，蓄着络腮胡须，唇上留着精心修剪的小胡子，那时朝廷的时尚就是如此。狄公知道邵大人已年近花甲，然而他的胡须却仍是乌黑发亮。

狄公迈步上前，深深行了个礼，双手恭敬地递上红色的名刺。邵大人只是略略扫了一眼，便将名刺装进宽宽的袖笼中。他的声音低沉浑厚：

"这么说，你就是浦阳的狄仁杰。不错，罗宽松跟我说过你也在这儿。好地方啊，比驿所的斗室好多了，我在那儿住过一夜。遇到你甚为荣幸，狄县令。你收拾了浦阳的那座寺院，干得不错。为此，你在朝廷树敌不少，当然也结交了朋友。君子皆有敌友，不可能与所有人都成为朋友。"他站起身走到书桌旁，在一张扶手椅上坐下，指着一张矮脚凳说："来，坐我对面吧！"

狄公坐下来，彬彬有礼地说：

"在下一直盼着能拜见大人，今日……"

邵大人挥了一下他那漂亮的大手。

"咱们免俗，好吗？这里不是在朝廷，不过是几个雅好作诗者的聚会。你也写诗的，对吗，狄县令？"

他瞪着黑白分明的大眼睛望着狄公。

"不大写，"狄公怯生生地回答，"当年读书时倒是学过律诗，脍炙人口的经典诗集在下也读了点，就是大人您编纂的。在下只写过一首诗。"

"许多名人都是一首诗出名的，狄县令！"说着，他把蓝瓷茶壶拉到自己跟前。"你肯定喝过茶了，狄县令。"邵大人倒茶的时候，狄公闻到一股茉莉的清香。邵大人啜了几口茶接着说："好吧，说说你的诗写的是什么。"

狄公清了清干渴的嗓子，答道：

"大人，那是关于农业的劝农诗。我作了百行律体长诗，试图把各个季节农夫要干的活都包括进去。"

邵学士怀疑地瞥了他一眼。

"是这样吗，真的？你为什么要挑那个，嗯……那么独特的

狄公整装前去晋见邵学士（高罗佩　绘）

题材呢？"

"我想，那些农家要务如果用带韵脚的、朗朗上口的韵文表达，头脑简单的乡下人也许更容易记住。"

邵大人笑了。

"狄仁杰，大多数人可能认为你的回答很愚蠢。可我不。诗歌的确易记，不仅是因为有韵，更主要的是因其言志，与我等血脉气息相应和。韵律乃所有好诗之骨架，当然也包括散文。背几节你的诗，狄县令。"

狄公坐在脚凳上不自在地挪动一下身子。

"大人，说实话，我这诗是十多年前写的，眼下只恐一行也想不起来。我去找找，如果找得到，我抄一份送给您……"

"不必麻烦了，狄县令！坦白说，你写的那首诗不会是好诗。如果有几行妙句在里头，你绝不会忘记的。告诉我，你读过《诏七军将士》吗？"

"我能背下来，大人！"狄公朗声答道，"那些鼓舞人心的词句使一支溃退的军队反败为胜！开头气势庄严……"

"正是如此，狄仁杰！你永远不会忘记那篇文章，因为那是一篇佳作，它那铿锵有力的韵律震撼着军中的每一个人，从将军到步兵，无一例外。时至今日，人们还在传诵它，大唐帝国无人不知。这份诏书是我为陛下起草的。哎，狄县令，你得给我评一下州县行政。你知道，我是最喜爱与年轻官员交谈的。我以为，不与地方官员保持联系，是身居高位之朝臣的毛病之一。我对州县的问题尤其关心，因为这是最基层的行政区划，当然，也是最重要的。"他在狄公艳羡的目光下慢慢喝完了杯中的茶。他小心地擦擦胡须，微笑着说起了往事：

"告诉你，我也是从县官起步的！不过只当了一任，因为我写了革新司法的史志，后来便到南方去当刺史了，再后来又调到这个地方！那是二十年前，皇九子叛乱时，那个闹哄哄的年代。我们现在住的就是皇九子的府邸！唉，光阴荏苒，狄仁杰。嗯，接下来，我编撰了《古诗文平议》，被任命为集贤殿知院事。皇上八月西巡时我有幸伴驾。那一次西行，我写下了《蜀山颂》，至今仍视为我最好的诗，狄县令。"

他松开衣领，露出粗壮的脖子。狄公想起来，这位集贤殿文官年轻时也曾是知名的摔跤手和剑客。借着，邵大人拿起摊开在桌上的书卷。

"在罗县令的书架上找到的，黄某人写蜀地景色的诗集。此公游览的地方是我曾经去过的。比较一下我们两人不同的印象是很有意思的。这一首很好，只是……"他又细细看了一下，然后摇摇头。"不行，这个暗喻不贴切……"他突然想起了面前的客人，抬起头来微笑着说："真不该跟你啰唆这些，狄县令！晚宴前你一定还有许多事要处理。"

狄公站起身。邵大人也站了起来，他不顾狄公的一再推辞，执意要将他送至门口。

"谈得十分愉快，狄县令！我一向爱听年轻官员发表意见，这样看问题才更全面，如同从新的角度考量。晚上见！"

狄公匆匆走向院子的右侧。他的嗓子干得冒火，实在太想喝茶了。走廊里有许多门，他想找个仆人问问张兰波住哪一间，可是找不到。狄公的目光落在一个瘦瘦的男子身上，那人身着褪色的灰袍，头上的扁平黑帽上绲着一条细细的红边。他正在走廊尽头一个石盆前喂金鱼，无疑，这是罗县令的管家。狄公走上前去，问道：

"你能告诉我张兰波大人住在哪里？"

那人抬起头，上下打量着狄公。只见他的眼皮又厚又重，眼神出奇得沉静，唇边露出一丝笑意；下颌蓄着稀稀落落的灰白胡子，上脸较瘦。他用平淡的嗓音说：

"就在这里。本人便是张兰波。"

"大人恕罪！"狄公马上从衣袖里掏出名刺，深深作了个揖，把名刺递上去，"狄仁杰特来拜访。"

张兰波用他那瘦骨嶙峋、青筋暴露的手拿着名刺，心不在焉地看着。"你太客气了，狄县令。"他面无表情地说。接着，他指着金鱼盆，语调活跃起来。"你看那边盆里水草下的鱼儿！注意到它那水泡眼里的困惑了吗？我总是不禁要想到我们自己……大千世界迷惑不解的旁观者。"他抬起鼓眼泡，"真是抱歉，养金鱼是我的嗜好。你看，有时会忘乎所以。狄县令，你来金华多久了？"

"回大人，是前天到的。"

"哦，不错，听说刺史在此地召集各县县令议事。希望你在金华过得愉快。你知道的，我是本地人。"

"大人，金华是个好地方。有幸见到当地最有名望、最富才华的……"

张兰波摇摇头。

"哪里，本人才疏学浅，狄县令。盛名之下其实难副。"他把装鱼食的小象牙盒塞进衣袖，"很抱歉，今天有些心绪不佳。去祠堂祭祖后，思绪一直沉湎于往事中……"突然，他停下来，眼睛瞟了一下狄公。"今晚吃饭时我的精神会好一些。情非得已，我那位朋友邵学士总要把我卷入复杂的文学论争中去。他对文学真可谓无所不知，对语言的运用也是无可匹敌，狄县令。他算得上是权威，不过……"他突然急切地问道："我想，你在来看我之前已经去拜访过他了？"

"是的，大人。"

"很好。我必须告诉你，别看他表面豪爽，实际上很在乎自己的高位，动辄生气。你在今晚的宴席上一定会很高兴，狄县令。只要如意法师在，就不会有片刻冷场！还有，今晚机会难得，能见到我们那位有名的同僚，只是现在变得臭名昭著了。咱们定要……"他用手拍了一下自己的嘴，"险些说岔了！咱们的朋友罗县令要我答应不告诉你的！你一定也知道，罗县令就是喜欢他的小插曲。"他抬起一只手。"哎呀，请原谅我不请你进屋喝茶了。我真的很累，狄县令，晚宴前该打个盹。昨晚没睡好，驿所里太嘈杂了……"

"那当然，大人。我十分理解。"狄公双手作揖，行礼告辞。

沿着走廊往回走时，狄公心想，例行的拜访已经结束，该去找罗县令说说他在茶铺老板的丫鬟处了解到的情况。再说，他也该喝上一杯茶了。

六

　　狄公走到高师爷的房间，请高师爷向罗县令通报一下。不一会儿，高放回来了。

　　"回大人，我家大人说很高兴见您。在这里的后堂。"高放怯生生地瞥了狄公一眼，补充说："但愿大人能让我家大人振奋起精神来！"

　　罗县令坐在一张铺了垫子的扶手椅里，前面是巨大的紫檀木书案。他正郁郁不乐地呆看着书案上成堆的文书。一见狄公进屋，他一跃而起，高声说道：

　　"狄兄，礼部那些自封的历法专家都该被撤掉。马上就撤！他们根本就不懂历法。那帮蠢货把今日说成吉日，可从中午起没有一件事顺当！"他重新坐回椅子里，气得腮帮鼓鼓的。

狄公在书案边的另一张椅子上坐下，给自己倒了一杯茶，一饮而尽。他又倒上一杯，然后往椅背上一靠，满足地吁了口气，静静地听他的同僚诉苦。

"开头就是那桩缠手的宋书生谋杀案，正好在饱餐之后，弄得一肚子乱七八糟。接下来蓝宝阁的女老板告诉我，她们最好的舞女病了，今晚只得让两个二流的来将就一下，主角儿只能让一个叫小凤的舞姬来跳。但我不喜欢她的长相，傻乎乎的，骨瘦如柴！把茶壶推给我好吗？"他为狄公和自己斟满茶，喝了一口后，接着说："最后一件事，我精心为你安排的小插曲也白搭了。邵学士与张大人也会极为失望的。也就是说，今晚宴席上是五个人，除了你我，还有邵学士、张大人和如意法师。一桌人成单数是不吉利的，而历书上还说今天是个大吉日。呸！"他把茶杯重重地放到书案上，余怒未消地问："哎，那桩谋杀案有什么消息？衙役班头刚才来过，说他手下的人尚未听说哪个地痞流氓在挥霍银钱。这也是意料之中的。"

狄公喝干了第三杯茶。

"据一个伺候过宋依文的丫鬟说，宋生以前到过金华，而且在此地有一相好的。"

罗县令直起身子。"肯定有！不过无论如何不在蓝宝阁。我对那里的姑娘们描述过他，她们谁也没见过这样的人。"

"第二点，"狄公继续说，"我怀疑宋生来此另有目的，只是不想对外公开而已。所谓查阅史料仅是个借口。"他从衣袖中掏出宋依文的笔记，递给罗县令，"半个月来他就记了这六页笔记！"

罗县令浏览了一下笔记，狄公看他点点头，便接下去说道：

"宋依文每天下午都去你的文案馆，只是为了露露面，夜里才出去干他真正要干的事。丫鬟曾见他穿着深色的长衫，偷偷摸摸溜出去。"

"他去哪里或者干什么事没有线索吗？"

"没有。那丫鬟认识一个附近茶馆的跑堂，那人好像是个浪荡子，可他在那一带从未见过宋生。"狄公清清嗓子，"那丫鬟相信狐狸精的传说，坚持说宋依文的相好是狐狸精，把宋依文给害了！"

"哦，是的，当地民间很看重狐狸，狄兄。家家都有个供狐的神龛，说是能保家宅平安。南门附近的一块荒地上有个大神龛，听说那地方闹鬼。算了，咱们还是别扯这些鬼神的事了，狄兄！案子本身就够缠手的了。"

"我完全同意，罗兄。你也认为这案子有府内人作案的可能，是吗？"

"对，确实如此。孟员外的名声虽然极好，不过那不能说明什么。他有可能在宋生来此之前就认识他。狄兄，他发现宋生的尸体后便自行做了一番勘察，还急着想把他的结论强加于我们。孟员外绕宅子走一圈，去敲自己的园子门，太容易了！我可不喜欢听到宋书生有相好的事。很讨厌，沾上娘们的事就会出乱子。"他长长地吁了口气。"不管怎么说，明日是中秋，衙门不升堂，至少能缓一缓。"

罗县令又给自己斟上一杯茶，愁眉苦脸地不作声了。

狄公看着他，等着听他说如何进一步调查。这案子若是出在浦阳，狄公会立即命他的三个亲随马荣、乔泰和陶干在孟宅周遭调查孟员外本人、家人和房客的情况。说来也许有人不信，但有经验的衙役可以在菜市、肉铺收集到大量有价值的线索。还有，街上那些卖便宜货的摊子也是不能忘记的，那儿常常聚集着轿夫和苦力。狄公看罗县令不开口，便说道：

"今晚有客人，我们俩什么事也没法做。你派人出去调查吗？"

"没有，狄兄，我在衙门里雇的人只处理日常事务，所有的私下调查都由我的老管家安排。"看到狄公一脸的惊诧，罗县令赶忙解释道："那老家伙在此地土生土长，对金华城了如指掌。他有三个远亲，都很机灵圆滑，一个在当铺当伙计，一个在银器铺，还有一个在一家热闹的饭庄干活。我自掏腰包付给他们高薪，让他们给我当密探。这一招很灵，我可以监督我的师爷，还有其他县府官员。"

狄公缓缓地点点头。他自己办事全都依靠自幼即在他家的洪亮以及另外三个亲随，大家都可以有自己的方法路子。罗县令的做法也不是不可以。上次来金华后，狄公知道罗县令的管家是个诡计多端的老家伙。"你告诉管家要……"狄公刚想说下去，有人敲门。衙役进来报告：

"大人，一位叫玉兰的小姐求见。"

罗县令立即眉开眼笑。他一拳砸在书案上，高喊道："一定是要重审她的案子了！也许真的是个吉日！把她带进来！快！"他搓着双手对狄公说："看起来，我为你准备的小插曲可以成功了，老兄！"

狄公扬起双眉。

"玉兰？她是什么人？"

"老友呀！像你这样天下知名的破案专家，难道没听说过那桩杀婢案吗？就在白鹭观。"

狄公惊得张大嘴，坐直了身子。

"我的老天，罗兄！难道是说那个把奴婢责打致死的恶道婆吗？"

罗县令快活地点点头。

"正是那个女人，狄兄！大名鼎鼎的玉兰，名妓、诗人、道姑、著名……"

狄公的脸憋红了。

"卑鄙的女杀手！"他愤怒地喊道。

罗县令抬起他那粗短的手。

"别着急，狄兄，不要着急！首先，我是否应该提醒你，在文人圈里，大家一致认为她是被错判的。她的案子在县里、府里、州里都挨着审过，可谁也下不了定论，所以现在要把她解到京城，让大理寺去判。再说，她是大唐最有才华的女诗人。邵学士和张大人都与她很熟悉。我告诉他们，我已命押解她的衙役让她在我的官邸停留两天，他们都非常高兴。"罗县令顿了顿，用手捋着胡须，"她跟押解她的衙役住在蓝宝阁后面的客栈。今天下午我去那里看她，她断然拒绝了我的邀请，说不洗清不白之冤，绝对不见老朋友。狄兄，你可以想象，我是何等委屈！我是想让你有机会跟今年这个最骇人听闻的杀人嫌犯聊聊案子，把这个连三堂会审都没判定的谜案让你来动动脑筋。可以说是一件现成的礼物！我知道你并不热衷诗词，不过也想让你在这儿过得有意思！"

狄公捋着长长的胡须，心里思忖着杀人案的细节，然后笑着说道：

"罗兄，我感谢你的好意，不过还是希望她不要来。至于玩猜谜嘛，咱们……"

房门开了，班头引进一位黑衣黑袍的高个子妇女。那妇人旁若无人，径自大步走到书案前，用低沉悦耳的声音对罗县令说：

"大人，我要告诉您，要重审我的案子了。我愿意接受您的邀请。"

"好极了，玉兰，好极了！邵学士和张大人都盼着能再见到你。如意法师也来了。让我来给你介绍，你的另一位钦慕者，我的朋友狄仁杰，邻县浦阳的县令。狄兄，我把才女玉兰介绍你认识！"

她眼睛很有灵气，睫毛很长。她漫不经心地看了狄公一眼，敷衍地略一行礼。狄公点头致意后，她便转向罗县令。罗县令仔仔细细地向她介绍了内宅隔壁的小院，那是为她准备的住处。

狄公估计，玉兰的年龄在三十上下，以前肯定姿色出众。她的脸蛋依旧匀称，表情很传神，只是眼睛下面的眼袋很明显，长长的弯眉间有深深的皱纹，圆圆的嘴唇旁也可见到细纹。她未施粉黛，苍白的脸庞衬着红唇。一头黑发盘在头顶，绾成三个发髻，用两根象牙发簪插着。她身上无一修饰的黑衣更衬出线条，宽臀细腰，鼓鼓的胸部。当她俯身为自己倒茶的时候，狄公注意到，她的手又白又嫩，没戴戒指，也没有手镯。

"万分感谢您的安排，"她打断了主人的高谈阔论，脸上露出温柔的笑容，"多谢您让我知道我还有朋友！这些日子，我觉得朋友们全都离我而去了。今晚有宴席吗？"

"是啊，不过客人不多，就在我的家中。明晚咱们都去翡翠崖，一起欢度中秋！"

"真是太诱人了，大人。尤其是在各处牢房里待了一个半月以后。我得说，他们待我不错，可还是……好吧，让都头把我带到您的府邸，把我交给内宅的管家。我得好好歇一会，换换衣裳再去吃饭。女人即使过了妙龄，在这种场合也喜欢打扮一番的。"

"那当然啰，美人儿！"罗县令大声说，"想歇多久都行！我们晚些开饭，像古人那样，一直吃到半夜！"他击掌唤班头过来。玉兰说道：

"哦，对了，我把小凤也带来了。她想来瞧瞧今晚让她跳舞的厅堂。大人，您可真会挑地方啊！"她对进门的班头说："去把那姑娘带来！"

一个身材窈窕的姑娘走了进来，道了万福。她约莫十八岁，穿一身深蓝的长衫，纤纤细腰上紧系着一条红腰带。罗县令挑剔地打量了一番，稀疏的眉毛紧蹙。

"嗯，对，哈……嗨，"他含含糊糊地哼着，"哎，姑娘，我想，我这地方你是挑不出什么毛病来的。"

"别说不开心的话，大人！"女诗人断然插言道，"这姑娘对舞艺极为认真，想看看有多大的地能让她跳舞。今晚，她准备跳迷人的《凤舞紫霞》，那是她最出名的节目，而且舞名正配她的名儿！来，孩子，别害羞！记住，漂亮姑娘没必要怕爷们，是不是大官都一样。"

那姑娘抬眼看看众人，狄公马上被她呆板得出奇的脸给镇住了。长而挺的鼻子，大而无神的眼睛往上翻着，整张脸就像个假面具。她的额头高高的，很光洁，头发往后梳，在她细长的颈后挽了个髻。肩膀瘦骨嶙峋，胳膊也是又细又长，浑身上下全无一点妩媚。狄公知道罗县令追求艳丽妩媚的女子，所以完全理解他为什么不喜欢小凤了。

"小凤无才，"跳舞的姑娘用刚刚听得到的声音说道，"有幸为贵客献舞，深感荣耀。"

女诗人在小凤肩上轻轻一拍。

"行了，孩子。两位大人，今晚宴会上见！"

她还是那样敷衍地行了个礼，便迈着大步出去了，小凤怯怯地跟在后面。

罗县令举起双手喊道：

"这个女人真是十全十美！姿色绝伦，才华出众，性格坚韧。可是命运让我晚见她十年！"他无奈地摇摇头。接着他拉开一个抽屉，取出一卷鼓鼓囊囊的案卷，兴奋地对狄公说："狄兄，我收集了白鹭观杀人案有关的所有文书。你一定想了解全部情况，还增加了一份关于她修道的简要说明，供你参考。拿去，最好在吃饭前先看一下。"

狄公被感动了。罗县令确实是花了一番大工夫不让他这位客人感到无聊。他满意地说：

"罗兄，你想得真周到！真是个无可挑剔的主人！"

"别客气，老兄！一点也不费事！"

他迅速瞟了狄公一眼，略带悔意地接着说："嗯……我得承认，我也有那么一点小算盘，狄兄。是这样的，我花了点时间筹划出一本玉兰诗词的注释集，序都已经写好了，但谋杀罪肯定会破坏这个计划。希望你能帮她起草一份有力度的无罪申辩书，老兄。起草法律文书什么的，你是老手。懂我的意思吗？"

"完全明白。"狄公不自然地答道。他冷冷地扫了罗县令一眼，起身把卷宗夹在胳膊下面。

"好吧，我最好马上就动手。"

七

　　刚跨进罗府大门，狄公便停了下来，他吃惊地发现，自己留宿的小院门前站着一个邋遢的人影。那是个矮胖的男子，穿着打了补丁的破袈裟，圆圆的光脑袋没戴帽子，脚上是双宽大的破草鞋。狄公心中纳闷，叫花子如何进了罗府的大门，于是便走上前去厉声问道：

　　"你在此有何事？"

　　那人转过身来。他那鼓出的大眼睛盯着狄公，用粗哑的声音答道：

　　"哈，狄县令！刚才过来看你，可是敲门没人应。"他的嗓音虽粗哑，可是说话像是颇有教养的，而且还带点儿威严。狄公恍然大悟。

"幸会，如意法师。罗县令告诉我……"

"是否幸会，目前还难说，狄县令！"如意法师打断了狄公的话。他的眼睛一眨也不眨地盯着狄公身后看，狄公不自觉地转过头去。院子里没有其他人。

"不，你是看不见的，狄县令。现在还看不见。别烦神，死者总是跟我们在一起的，无处不在。"

狄公盯着他看了一会儿。这个相貌丑陋的人有点讨厌，为什么罗县令……

"你在想罗县令为什么要邀请我，嗯，狄县令？因为贫僧是个诗人。或者说是个写对子的。我写的诗从来不超过两行。狄县令，你不会读过我的诗，你只爱读公文！"他粗壮的手指指着狄公夹在胳膊下的卷宗。

"请进屋喝杯茶。"狄公说着，彬彬有礼地为他打开了门。

"不了，谢谢你。我必须回房取东西，去城里办点事情。"

"法师住在哪个院？"

"贫僧住在狐仙祠，主院的右角。"

"对了，罗县令是说过这院里有个这样的神龛。"狄公似笑非笑地说。

"请问，罗县令为什么不可以供这样的狐仙龛？"如意法师怒道，"在这天地间，狐狸是生灵中不可缺少的一部分。狄县令，它们与我们是平等的。正如某两个人之间会存在特殊亲密的关系一样，有的人会与某一种动物存在关联。别忘了，对我们的命运有重大影响的黄道十二宫，可是同许多生灵有关联的，狄县令！"他一边细细审视着狄公的脸，一边用手将着自己胡子拉碴的腮帮，突然问道："你生于虎年，对吗？"看到狄公点头，他咧开厚厚的嘴唇得意地笑了起来，那张本来就很丑陋的脸变得像只蛤蟆。"虎和狐！最佳搭档！"他的笑容突然消失，肉滚滚的鼻子两边现出深深的皱纹。"你要多加小心，狄县令！"他的嗓音干哑，"贫僧听说昨晚这里出了桩谋杀案，有迹象显示会发生第二桩。你胳膊下的卷宗上标着玉兰的名字，她是犯了死罪的。很快就会有更多的命案缠着你，狄县令！"他抬起圆圆的大脑袋，又朝狄公身后看，鼓眼珠里闪过一道奇特的光。

狄公不禁打了个哆嗦。他想说什么，可是如意法师怒气冲冲的嗓音又响了起来：

"别指望我会帮什么忙，狄县令。贫僧以为，人为的审判无足轻重，权宜而已，我才不会去费劲抓杀人犯呢！杀人犯自己会逮住自己的。他们的圈子比其他人的小，一个也跑不掉。晚上见，狄县令！"

他大步走开了，草鞋底拍得院里劈劈啪啪响。

狄公目送他远去，然后快步进屋，心中很为自己刚才的窘相恼火。

房间靠后墙放着一张带帷帐的床，仆役已经把床帐放了下来。他满意地看到，屋中央桌子上放着一把包着棉套的茶壶，就在白蜡烛台旁。狄公走到梳妆台前，铜盆里放着熏香的脸巾，他擦了擦脸和脖子，觉得舒服多了。如意法师是个古怪的人，这种人都喜欢夸夸其谈。他把桌子推到打开的推拉门前，对着院子里的假山坐了下来。接着，他打开了案卷。

前面二十来页是罗县令写的玉兰传记。文章写得极好，措辞谨慎巧妙，狄公简直怀疑罗县令是否会将其加在他所编的玉兰诗词集里。文中列出了所有相关的事实，阐述了背景，用词委婉，不瘟不火，然而意思却表达得一清二楚。狄公仔细看完全文，往椅背上一靠，双臂交叉，想着玉兰的坎坷经历。

玉兰是京城一家小药铺伙计的独生女儿。

父亲喜好舞文弄墨，玉兰五岁时，其父便教她读书写字。可是其父却不怎么会理财，玉兰十五岁时，他便因债务所迫而将她卖给了一家有名的妓院。玉兰在那里待了四年。四年中，她对所有有学问的人，不管是年轻的还是年长的，都殷勤伺候，借此快速提升自己的才能。她尤其在诗歌方面表现出特有的天分。

十九岁时，正当她羽翼渐丰，即将成为走红的名妓时，却突然失踪了。妓院行会派出最精干的人去找她，因为失去她就是失去一大笔投资，可是一无所获。两年后，有人偶然在乡下的一个低档客栈里发现了她。那时的她贫病交加。发现她的人就是青年诗人闻东阳。此人头脑机敏，长相英俊，祖荫厚重，家资巨万。他早年在京城时曾见过玉兰，便一直倾心于她。他偿清了玉兰所有的债务，两人成了形影不离的伴侣，是京城上流社交场合的必到嘉宾。闻东阳出了一本两人互和的诗集，那些诗在文人圈里广为传诵。他们两人四处游览，遍访大唐的风景名胜，所到之处，无不受到当地文人的盛情款待。有时，他们会在喜欢的地方一连待上数月。但是，两人的关系只维持了四年。后来，闻东阳爱上了一个跑江湖的杂耍艺人，突然弃她而去。

玉兰离开京城去了四川。她用闻东阳分手时给她的一大笔钱在那里购置了一所漂亮的宅院，带着一群丫鬟和歌女住在那里。

在那偏远的地方，她的宅院一时成了当地文人艺伎生活的中心，所有杰出的文人和身居高位的官员都竞相赠予她贵重的礼品，而她却只委身于少数精心挑选的爱慕者。写到此，罗县令禁不住来了句俗套，说她的诗"篇篇抵万金"。罗县令还提到，她曾有不少闺蜜，有些绝妙的诗就是写给这些闺蜜的。两三年后，由于她的一个学生——当地一位刺史的女儿惹起的纠纷，玉兰不得不突然离开四川。联系起这一事实，传记里的言外之意也就很明显了。

离蜀后，玉兰完全改变了她的生活方式。她在风景优美的湖滨买下了一座小巧的道观，也就是白鹭观，并且自称道姑。她只带了一名婢女，院内不准男人进入。自那时起，她写的诗全是有关宗教的。她在四川时挣了很多钱，但花起钱来也像流水似的。离开四川时，她给伺候过她的人一大笔遣散金，余下的钱就买下了白鹭观，可是人们仍然认为她很富裕，因为道观周围的大户人家都高薪请她教女孩儿学诗词。罗县令写的玉兰传到此为止。"请参阅讼状。"他在最后一页这样写道。

狄公直起身子，快速翻阅了一下那厚厚一叠文书。凭着丰富的经验，他立即就把要点找出来了。两个月前，也就是春末夏初，当地官府的衙役突然进入白鹭观，在后院一棵桃树下挖了起来，结果挖出了玉兰十七岁婢女的裸尸。验尸结果表明，那婢女于三天前被毒打致死，遍体鳞伤。玉兰被抓了起来，并被控故意杀人罪。可是她对这一指控断然否认。据她说，那侍女三天前曾告假回去看望年迈的双亲，那天准备好玉兰的晚饭后便走了，从那以后，玉兰就再也没有见过她。那天晚饭后，玉兰独自一人去湖边散步，去了很长时间。半夜时分回到道观，她发现院门被撬，经查，发现大殿上少了两只银烛台。玉兰对当地的县令说，她第二天一早就报过案。她猜想是那婢女因忘记拿什么东西又返回道观去取，恰恰惊动了盗贼。盗贼逼她说出主人的钱放在何处，结果被毒打致死。

县官听取了不少证人的证词。他们都说玉兰经常与婢女大吵大闹，还说有时在夜里听到婢女尖利的叫喊声。尽管道观周围行人稀少，可出事的那天夜里曾有几个小贩路过那里，他们并没有遇到什么盗贼或土匪。于是，县官断定，玉兰的辩词全是一派谎言，指控正是她撬了门锁，又把银烛台扔到井里。联系她以往那段惊世骇俗的经历，县令正决定判她死刑时，附近却又发生了上门抢劫案，携带凶器的强盗把那个庄户人家的夫妇俩砍得尸首分离。县官派人去捉拿强盗，推迟了对玉兰的判决，或许这伙强盗能证实玉兰的辩词。与此同时，玉兰被抓押的消息传得到处沸沸扬扬，刺史下令将此案上报到他的衙门。

刺史也是玉兰诗才的崇拜者。经过一番积极努力的调查之后，他找出两点对玉兰有利的事实：第一，有人说在一年前，县令曾向玉兰献殷勤，以博取她的欢心，可是被玉兰拒绝了。那县令承认这一事实，可是否认这件事对案子有任何影响。他说他收到一封匿名信，信中说那棵桃树下埋有尸体，因此认为自己有责任证实信中的话是否属实。刺史裁定县令心有成见，并暂时停了他的职。第二，衙役抓到一个盗贼，那人直到个把月前还与抢劫那个庄户人家的盗匪是一伙。他供称，他们的头儿曾说过玉兰在观内贮藏大量金银，还说过什么时候该去那里瞧瞧的话。这似乎证实了玉兰的辩词。基于这些因素，刺史将案子移至都督府，并提出判定玉兰无罪。

　　各地的显赫人物为玉兰说情的信件如雪片般涌向都督府，都督大人欲判玉兰无罪，突然来了个住在湖滨的送水后生。他是被害婢女的相好，因陪同一位伯父回乡扫墓，走了有个把月，不在湖区。他说那婢女经常告诉他，玉兰逼她不断地做这做那，她若拒绝就挨打。后来都督得知那婢女至死仍是处女时，更加深了对玉兰的怀疑。他是这样推测的：若是盗贼杀死了婢女，他们必先奸污她之后才下手。于是都督指令衙役到各地搜寻那伙抢劫庄户人家的强盗，因为他们的口供至关重要。可是搜捕毫无结果，连写那封匿名信的人也没有线索。都督大人心想还是脱手为妙，就把案子移至京都大理寺。

　　狄公合上案卷，起身走到外面的门廊下。一阵凉爽的秋风吹得假山石缝里的竹子瑟瑟作响，预示今晚应该是一个晴朗天。

　　"对，罗县令说得不错，这个案子很有味儿，不过也颇为棘手。"他沉思地扯着胡须。狡猾的罗县令把它说成是推理游戏，然而他肯定是给狄公个人的挑战。现在狄公与玉兰的见面把他与这个案子直接连起来了。狄公直接面对这个问题，有罪还是无罪？

　　他背着手，开始在门廊内踱步。对于这个棘手而令人心烦的案子，他所掌握的全是二手资料。突然，他想起了如意法师那张丑陋的蛤蟆脸。那古怪的和尚曾提醒过他，这案子对玉兰来说是生死攸关的大事。狄公隐约有一种焦虑和不安，一种说不出的预感。也许再看一遍案卷，再逐字研读记录的证人证词，心头这种惶恐便会烟消云散。天色尚早，仅仅酉初时分，离晚宴还有一个时辰呢。可是不知为什么，他并不想继续研究那卷公文。他打算晚宴上与玉兰好好聊聊，然后再来完成这个任务。再说，到时还可以听听邵、张两位大人会对她说些什么，以此判断他们对玉兰是否有罪的态度。此刻，轻松愉快的晚宴在狄公心目中一下子变得如同即将判人死刑的公堂那么恐怖森严。他清楚地预感到，危险正在迫近。

他想驱散这些恼人的念头，便把宋依文的案子在脑海中过了一遍。那也是令人烦恼的案子。他去看过作案现场，可是现在却一筹莫展，只能等罗县令手下的人查出点什么名堂来。在这个案子上，他又是只能依赖第二手资料。

狄公蓦地停住了脚步，长长的眉毛蹙成一个疙瘩。他沉思了一会，走进屋里，从桌上拿起宋依文那本记乐谱的小本子。除了宋生的史料笔记之外，这个小本子便是唯一与死者有直接联系的东西了。他翻了一下写得密密麻麻的本子，脸上突然现出笑容。虽然没有把握，不过值得一试！无论如何也要比垂头丧气地坐在屋里，一遍又一遍地翻阅从未谋过面的证人证词要好些。

狄公匆匆换上一件简朴的蓝袍，戴上顶黑色的弁帽，把小本子往胳膊下一夹，便走了出去。

八

　　暮色渐浓，罗府的前院，两个丫鬟正在周围屋檐下点亮灯笼。

　　金华县衙正门外的大街上，熙熙攘攘。狄公挤进人群后，长舒了口气。他对这座城市是陌生的，来此地后又关在罗县令宫殿般的深宅大院中，心情自然沮丧。现在他开始实施自己的计划，情绪立刻好了起来。他随着人流往前走，一路上不住打量着两边张灯结彩的店铺。当他看到一家乐器铺的牌子后，马上拨开人群朝店门挤去。

　　铺子里一片喧器，震耳欲聋，六七名顾客同时在试乐器，击鼓的、吹笛的、拉二胡的都有。中秋佳节将临，爱好乐器的都在为第二天的欢庆做准备。狄公径自走到店堂后侧的账房，掌柜的正坐在书桌边,一面狼吞虎咽地吃着面条,一面监视他的伙计做生意。显然,狄公的儒雅气质引起了他的注意,他立即起身招呼。

狄公把乐谱递给他。

"这些都是笛子曲,"他说,"不知你是否能认出来。"

那店主只略略一看,便把小本子还给了狄公,满脸歉意地笑着说:

"相公,我们只识得十个符号的那种乐谱。这必定是一种古谱,必须请教内行人。你可以去找刘老大,他是这城里最好的笛子手,不管什么曲子,也不管是新谱还是老谱,看着谱就能吹。他也住在这附近。"店主擦了擦油光光的嘴巴。"唯一麻烦的是这家伙贪杯。上罢习乐课后,中午便开始喝,此时一定是酩酊大醉的,到晚上才会清醒,因为那时他要去为人家的红白宴席吹笛。挣的钱可真不少,不过都用来喝酒玩女人了。"

狄公在桌子上放了一把铜板。

"请你派一个人带我去他那儿。"

"没问题,相公。嗨,王二呢?快来!把这位相公送到刘老大家去。记住,马上回来!"

年轻的乐器铺伙计带着狄公在街上走。突然,他拉着狄公的衣袖,指着街对面的小酒馆,狡黠地笑着说:

"相公,您要是真想让刘老大办点事儿,最好给他买一样小礼物。不管他睡得有多沉,只要拿一壶酒放在他鼻子下面,他就会醒过来的!"

狄公买了中等大小的一坛烈性白酒。那后生带着他穿过一条狭窄的小路，来到昏暗、臭哄哄的后街，街两旁都是摇摇欲坠的木板屋，脏兮兮的窗纸洞里漏出的点点亮光照在街上。"相公，左边第四幢房子！"狄公给了小费，那后生一阵风似的跑开了。

笛子行家的门枢松了，屋门歪斜着。门里边有人骂骂咧咧的，接着传来一个女人的尖厉笑声。狄公把手往门格上一搭，门便开了。

屋子很小，空荡荡的，点着一盏冒烟的油灯，屋里弥漫着浓重的廉价烈性酒的味道。一个胖汉子坐在竹凳上，他圆圆的脸，泛着红光，穿着宽松的长裤，上身着一件短衫，敞着怀，露出光光的大肚皮。一个姑娘坐在他的膝上，那是小凤。刘老大睁着浑浊的双眼瞪着狄公。那姑娘赶忙把裙子往下一拉，她的大腿肌肉强健，肤色很白。他溜到房间角落，假面具般的脸上泛起了红晕。

"你是何人？"刘老大粗着嗓门问道。

狄公没有理会小凤，他在那张低矮的竹桌旁坐下，把酒坛放在桌上。

刘老大布满血丝的眼睛顿时睁大了。

"天哪，一坛正宗的玫瑰露！"他摇摇晃晃地站起来，"虽说你那大胡子看上去就像阎王，可我还是欢迎之至！来，把坛子打开！"

狄公把手放在酒坛上。

"这酒不能白喝，刘老大。"他把乐谱本撂在桌上。"我要你告诉我这些是什么曲子。"

胖汉子站在矮桌边上，用他那又粗又大但却格外灵巧的手指打开本子。"这不难！"他喃喃地说，"不过我要先擦一把。"他步履蹒跚地走到屋角的盆架旁，用一块脏兮兮的脸巾擦脸和前胸。

狄公静静地注视着他，全然不理会小凤。她到这里来干什么是她自己的事。只见小凤踌躇片刻，然后走到桌边怯生生地说：

"我……我是想劝他今晚在宴席上吹笛子，大人。他很凶，不过笛子吹得极好。他不答应我，我就让他摸一会……"

"你就是跟我睡到早上，我也不会吹那该死的《黑狐曲》！"胖老刘吼道。他的手在满是裂缝的泥墙上摸索着，上面挂着的十几支竹笛。

"我以为你今晚要跳《凤舞紫霞》。"狄公漫不经意地对小凤说。他觉得小凤那张呆板的脸和窄窄的削肩膀看上去怪可怜的。

"确实如此，大人。可是……我看到罗大人家的大厅后……我被引见给两位京城来的大官，还有大名鼎鼎的如意法师，我想这是千载难逢的机会，于是我想换个曲子。这个舞曲跳起来节奏快，旋转多……"

"你那小屁股扭起来也该配上点正经乐曲！"刘老大高声说道，"《黑狐曲》可是个坏曲子。"他在矮凳上坐下，把乐谱本摊在膝上。"嗨，第一首你不想听的，《云裳花容》，谁都知道那首情歌。第二首好像是……"他把笛子放到唇边，吹出几个音节，听上去很动人。"哦，这是《秋月颂》，去年在京城里很流行。"

刘老大翻着乐谱，时不时吹几个音节看看是哪个曲子。狄公

狄公寻访笛子手，却遇见舞姬小凤（高罗佩　绘）

完全无法静心听刘老大的解说，他对自己的推理无法印证颇感失望，不过他也不得不承认，自己的想法实在有些牵强附会。他原以为这些难懂的符号写成的无题无词的曲谱也许根本就不是什么乐谱，而是宋生用乐符的形式写下的密件。一声粗鲁的咒骂把他从沉思中唤醒。

"真他妈的该死！"刘老大死盯着乐谱本上最后一首曲子，自言自语道，"开头的音节好像不一样。"他把笛子放到唇边。

低沉的乐音响起来了，节律缓慢，音色哀婉。小凤惊了一下，坐直了身子。节奏逐渐加快，高亢、尖细的音符组成了奇异的旋律。胖老刘放下笛子，"这是该死的《黑狐曲》！"他厌恶地说。

小凤凑过身去。

"把谱给我，大人，给我！"她那向上挑起的大眼睛里闪着热切的光，"有了这个谱，只要笛子吹得好，都能为我伴奏！"

"只要不是我就行！"胖老刘把谱扔在桌子上，咆哮道，"我宁可保重身体！"

"我很乐意把谱子借给你，"狄公对小凤说，"只是你必须说说《黑狐曲》是怎么回事。你看得出来，我很爱好音乐。"

"这是一首没什么名气的本地老曲子，大人，笛谱里一般不收它。南门黑狐祠看门的红花姑娘总是哼着这调儿。我曾想请她把谱记下来，但那可怜的人儿是个呆子，一字不识，更别说乐谱了。不过这可是最优美的舞乐……"

狄公把谱子递给她，"你可以在晚宴上还给我。"

"啊，太感谢了，大人！我得赶快走了，因为乐师要先练练这曲子。"走到门口时，小凤又转回来，"大人，请勿对其他客人说起今晚我要跳的舞。我要给他们一个惊喜！"

狄公点头应允。"拿两个大碗来。"他对刘老大说。

笛子手从屋角的架子上取下两个粗瓷碗，狄公打开了坛子，给刘老大斟了满满一碗酒。

"好酒！"笛子手嗅嗅碗中的酒，欢叫起来，然后一饮而尽。狄公小心地啜了一口自己碗里的酒，"那跳舞的姑娘真奇怪。"他随口说道。

"什么姑娘！我怀疑她是狐狸精，裙子下藏着毛茸茸的尾巴。你进门的时候，我正想看看究竟。"他说着咧开嘴笑了起来，又倒了一碗酒，喝了一口，然后咂咂嘴，接着往下说："别管是不是狐狸精，她有本事把客人榨干，这个会赚钱的小娼妇！她收了客人的礼，就让他们亲亲摸摸，不过要来真的，别想！办不到！绝对不行！我认识她已经一年多了。不过我得说，她的舞跳得真好。"刘老大耸耸宽肩膀。"唉，也许她这样做是聪明的。你想想，我见到过许多好的舞女身败名裂，都是因为床上舞跳得太多了！"

"你怎么会知道《黑狐曲》？"

"许多年以前从两个老婆子那里听到的。她们是接生婆，给快生小孩的女人屋里驱鬼赚些外快。说实话，我对这个曲调也不太懂，可那庙里的狐狸精真的懂。"

"那是谁？"

"一个妖精，她就是妖精！那是个真正的狐精！一个捡破烂的老婆子在街上捡到她，那时还是个讨人喜欢的小孩。至少看起来是那样！长大却成了个白痴，十五岁才会讲话。后来就经常发病，发起病来眼珠子直翻，还说些稀奇古怪、很吓人的话。捡到她的老婆子害怕，就把她卖给了一家窑子。她好像长得还不错。嗨，那鸨母收了一个上了年纪的嫖客一大笔钱，那人巴望着折了这支花呢。他真不该跟一个狐狸精纠缠。来，相公，咱们再喝，今儿我还是刚开始呢。"

刘老大喝完碗里的酒，伤感地摇摇头。

"那嫖客想跟她亲嘴，结果被她咬掉了舌尖，然后她就跳出窗户，一溜烟跑到南门附近的破庙去了。从那以后，她就一直待在那里，连最厉害的拉皮条手也不敢去那儿！那地方闹鬼，已经有几百人死在那儿了，男女都有，还有小孩。庙周围的荒地上可以听到死鬼的嚎声。信这玩意儿的人在庙屋破大门前放吃的，那姑娘就跟狐狸分着吃。成群的狐狸在那里出没，晚上有月亮时，那姑娘就跟狐狸一起跳舞，还唱那支什么《黑狐曲》。"他的话音变得含混不清了，"那个……刚才那个舞女也是狐狸精，只有她敢去那地方。狐……狐狸精，她就是……"

狄公站起身。"今晚你若是要吹笛，还是少喝些。告辞了。"

他走到大街上，找了个小贩打听去南门怎么走。

"相公，路远着呢！顺这条街走下去，穿过大集市，再沿寺庙街走到底，从那里直走，一会儿就看见南门了。"

狄公叫了一乘小轿，让两个轿夫抬到寺庙街南头。他想还是乘轿到街南头，剩下的路自己走过去算了，因为轿夫是最饶舌的。

"相公是指洞明寺那头吗？"

　　"正是。跑快点加钱。"

　　两个轿夫把长长的轿杆往磨出老茧的肩膀上一放，便迈着碎步跑了起来，一路上高声喝着行人让道。

九

　　晚风吹来，坐在敞轿上的狄公感到一阵凉意，不禁裹了裹身上的袍子。他的情绪很高，这个《黑狐曲》很可能是宋生谋杀案的真正线索。街市上熙熙攘攘，货摊上买卖兴旺。转弯拐入一条宽阔的大街，灯光昏暗，看不到多少人了。两边都是高高的石拱门，中间隔着一截截经年风雨侵蚀的砖墙。狄公看到大门口都挂着灯笼，灯笼上的字表明，这寺庙街上集中了佛教的主要教派。轿夫在一座带门楼的大门前落下轿子，黑漆双扇大门前的灯笼上有三个大字："洞明寺"。

　　狄公下了轿，两个轿夫马上用手巾擦干身上的汗水。狄公对一个年长些的轿夫说："你们在这儿歇一下。不超过一刻我就回来。"说着递过去一点赏钱，又问道："从这里到东门要走多久？”

“相公，你若坐轿，大概一刻能到。不过要是步行穿小巷，那就快多了。”

狄公点点头。这就是说，那个被害书生到南门的黑狐祠来是很方便的。狄公从正门旁的小门走进院子，院内铺了地砖，并不见人影。后面的大殿是两层的，很坚固，窗格子里透着灯光。大殿右边靠外墙有一条露天的通道，狄公顺那条通道走，打算从洞明寺的后门出去，然后再到南门。这样一来，那两个轿夫便弄不清他究竟去了哪里。

那条长长的通道一直通向大殿后面，与两栋黑乎乎的平房之间的狭窄过道相连。狄公猜想，那两栋平房是和尚们的住处。平房的屋檐下挂着几盏小灯笼，昏暗的灯光照着小过道。狄公快步走向后门，经过屋角的窗户时，他往黑屋子里不经意地望了一下，猛地呆住了。他好像看见如意法师盘腿坐在屋里的卧榻上，瞪着蛤蟆般的眼睛盯着他看。狄公把手搁到窗台上往里张望，这才发现搞错了。就着对面屋檐下昏暗的灯笼光，他看见卧榻上放着一堆和尚的袈裟，上面还有一个人头那么大的木鱼。狄公继续往前走，心里不禁懊恼起来。显然，那个怪里怪气的法师形象在他脑海中挥之不去。

狄公沿着路右边穿过寺庙后面稀疏的松树林，不一会儿便走上了路面平整宽阔的大道。远处，高大的南城门衬着闪烁的星空隐约可见。

狄公看到自己的计谋成功，心里一阵高兴。他顺着大街往前走，步子迈得很快。路边有不少货摊，摇曳的油灯照得路面一块亮、一块黑的。左边有几间黑森森的、没人住的屋子，对面是一大片矮树丛林。狄公看到一座摇摇欲坠的石头大门，正想走过去，只见一队人沿着大街走过来，一个个都肩扛背驮着大包小袋。他们一路走一路说说笑笑，很是愉快。他们显然是到乡下亲戚家去度中秋的。狄公让过一旁，等这群人过去，心想，不知罗县令为明晚中秋宴选的"翡翠崖"在什么地方。很可能是在城西的山里。他仰望夜空，皓洁的明月四周竟无一丝浮云，不过路对面的林子却显得有些阴森可怖。他在左边一个货摊上买了一只小的防风提灯，这才到了路对面。

那座破旧的大门只剩两根柱子撑着。狄公用提灯照照左边柱子下的玄武石槽，发现里面堆着新鲜的果蔬，一只大粗瓷碗里盛满了米饭，上面盖着绿叶子。这些供品表明，这大门确是通往那块荒地的。

狄公迅速拨开挡住小道的枝枝杈杈，转过第一个弯以后，他把长衫襟撩起，掖在腰带里，又把长袖也卷了起来。接着他在低矮的灌木丛里找到一根粗棍子，用它来拨开挡道的树枝，继续沿着弯弯曲曲的小道往前走。

荒野里寂静得出奇，连夜鸟的鸣声也听不见，唯一的声响是蝉鸣声，还有矮树丛中不时的瑟瑟响声。"那舞女真是胆大，"狄公自言自语道，"这地方即使在白天也还是阴森可怕的！"

突然，他停下脚步，握紧手里的棍子。前面的灌木丛中发出沙沙的声响，两只发着绿光的眼睛在离地一尺多高的地方瞪着他。他赶紧拾起一块石头扔过去，绿眼睛不见了，树叶在一阵骚动后，一切又都恢复了平静。这么说，这里真的有狐狸。不过，狐狸是不会袭击人的。然而狄公却又想起一桩烦恼的事，他曾听说狂犬病在狐狸和野狗之中是很常见的，而染上这种病的疯狐狸不管见到什么都会扑上去。他把头上的帽子往后推了推，不觉有些后悔，看来这样手无寸铁出来冒险似乎太轻率了，要是带上一把剑，或者一支短矛枪会更好些。不过他的绑腿很厚实，棍子也很顶用，所以他决定继续往前走。

走不多远，小道变宽了。透过稀疏的树林，狄公看见一片开阔的荒地，月光照在上面，显得萧然凄凉。那是块平缓的坡地，杂草很茂盛，地上满是圆卵石，石缝间也长满了草。坡地的最高处便是破庙巨大的黑影。庙的围墙已有多处倒塌，墙内是平房，屋顶已严重下陷。大约在坡地中央，一个黑影敏捷地跳到一块圆石上蹲着。狄公清楚地看到它尖尖的耳朵和毛茸茸的长尾巴，比一般的狐狸显得高大。

狄公对着黑漆漆的废墟望了一会儿，见不到灯光，也没有人影。他叹了一口气，踩着乱石斜径往上走去。当他靠近那只狐狸时，狄公举起手中的棍子，那狐狸优雅地往下一跳，飞也似的消失在黑暗中。荒地上的野草一起一伏的，看得出来，这地方还有许多狐狸。

狄公在庙门口站下，打量着门里小小的前院。地上满是垃圾，墙脚下放着朽烂的梁木，空气中有一股淡淡的腐臭味。院子的一角有一个同真狐狸一般大小的狐狸石像，蹲在一座高高的花岗石基座上。狐狸的脖子上围着一块红布，那是唯一表示这地方有人居住的迹象。寺庙是平房，是用大块砖砌成的四方建筑，因年代久远，砖块成了黑色，上面爬满了青藤。右墙角坍塌了，上面的屋顶塌得很厉害，瓦片东掉一块，西掉一块的，发黑的屋梁露在外面。狄公走上三级石阶，用棍子敲敲木格门，一块朽木从门上掉下来，在万籁俱寂的夜空中显得格外响亮。他等了一会儿，里面没有应答声。

狄公推门走了进去，一道微弱的灯光从左边的偏殿射出来。他走了几步，猛地站住了。壁龛上的蜡烛下站着一个高高瘦瘦的人影，裹着脏兮兮的白布。那人的头是个骷髅，一对空眼窝直对着狄公。

"别玩假面具了！"他冷冷道。

"你应该尖叫着往外跑，"一个声音在他背后轻轻地说，"然后再把腿摔断。"

狄公慢慢转过身，发现面前是一个年轻姑娘。她身材纤细，穿一件褐色粗布短上衣，下身是破烂的长裤，脸蛋很漂亮，只是显得有些茫然，眼睛大大的，像是受了惊吓。她手持一把长刀，刀尖对着狄公的胸胁，持刀的手纹丝不抖。

"哼，我得把你杀了。"她轻声说道。

"你的刀多漂亮呀！"狄公不紧不慢地说，"瞧那闪闪的蓝光！"

就在她眼睛往下看的时候，狄公扔下棍子，一把抓住她的手腕。"别做傻事，红花！"狄公高声说道，"小凤让我来的。我还见过宋相公。"

她点点头，用牙咬着饱满的下唇。"看到狐狸们跳来跳去，我以为是宋相公来了。"她看着狄公身后的假人说道，"看见你顺着小道走上来，我就点亮了我心上人头顶的灯。"

狄公放开她的手腕，"咱们不能找个地方坐下来吗，红花？我一直想找你聊聊。"

"只能说说话，不能玩，"她一本正经地说，"我那心上人儿嫉妒心强。"她把刀子塞进衣袖，走到假人跟前，扯了扯假人身上的布，小声说："亲亲，我不会让他玩我的，我向你保证！"她轻轻拍了拍假人的头，然后从壁龛上拿下蜡烛，穿过对面的一个拱门穿。狄公跟着她走进一间散着霉味的小屋。她把蜡烛放在一张粗木板钉成的桌子上，自己在一个矮矮的竹凳上坐下。屋里除了还有一张藤条凳外，没有别的家具，只是墙角有一堆破布，那显然是她的床铺。屋子的后墙已经塌一半，屋顶陷了下来，所以半间屋露着天，成团的青藤从墙豁口爬进来，搭在垒墙的大块砖上，枯叶子窸窸窣窣掉在屋里满是尘土的地板上。

"这屋里真热。"她自言自语说着，然后把上衣脱掉，甩在墙角的破布堆上。她那圆圆的肩膀和丰满的乳房污垢斑斑。狄公试了试摇摇晃晃的藤凳，然后坐了下来。她茫然望着狄公的方向，一边用手搓着裸露的乳房。尽管狄公感到屋里寒气逼人，但他注意到那姑娘的心口在往下淌汗，细细的汗流在她扁平的肚子上，留下一条黑乎乎的纹路。她那一头乱七八糟的头发用一条红布绾着。

"我那可人儿看上去很吓人，是吗？"她突然问道，"但是他的心很好，从不离开我，总是耐心听我说话。那可怜的人没有头，我就找了个最大的骷髅头给他安上，每隔七天给他换一套新衣服。都是在这后院挖出来的。这儿有许多骷髅头和骨头，还有好看的衣裳。宋相公今晚怎么不来？"

"他很忙，他让我转告你。"

她慢慢地点点头。

"我知道了。他一直忙个不停，查找这个，寻找那个。他说，事情发生在很久以前，十八年了，不过那个害死他父亲的人还在。他找到那人以后，一定要砍掉他的脑袋，放在断头台上剁。"

"我也在找那个人，红花。那人叫什么名字？"

"那个人的名字？宋相公也不知道的。不过他会找到那个人的。要是有人害死了我爹，我也会……"

"我猜想你是孤儿？"

"我不是孤儿！我爹有时还来看我。他是好人。"突然，她伤心起来，"那他为什么要对我撒谎呢？"

狄公看到她急切的眼神，便劝慰道：

"你一定是搞错了。我肯定你爹不会对你撒谎。"

"撒谎了！他说，他的头上总是包着头巾，是因为长得太丑了。可是有天夜里，他来这里碰见了小凤，小凤说他一点儿也不丑。他为什么不让我看到他的脸？"

"你母亲在哪里？"

"她死了。"

"哦，那么是谁把你带大的？你爹？"

"不是，是老姨妈。她对我不好，把我卖给了坏人。我逃走，他们追到这里。先是两个人，白天来的。我抱了一大抱骷髅头和骨头爬到屋顶上，把那些东西扔到他们头上，他们就逃跑了。后来有三个人是夜里来的，那天我的心上人在，他们吓得尖

看守南门黑狐祠的成群狐狸和红花姑娘（高罗佩　绘）

叫着往外跑,有一个被大石头绊倒后摔断了腿!你要是看见那几个人怎样把他拖回去就好了!"

她突然大笑起来,尖利的笑声在空荡荡的屋里回响。墙上的青藤里发出响声,狄公转身去看,只见四五只狐狸攀上倒塌的墙头,睁着绿幽幽的眼睛盯着狄公。

当狄公再把目光转回那姑娘时,只见她用双手捂住脸,单薄的身子一阵颤抖,可是肩上却挂着汗水。狄公很快地说:

"宋相公告诉我,他常和茶铺老板孟员外一起到这儿来。"

她的手放了下来。

"茶铺老板?"她问道,"我从不喝茶,只喝井里的水。现在我连那种水都不爱喝了……哦,对了,宋相公是对我说过他住在一个茶铺老板的家里。"她想了一会儿,渐渐地脸上有了笑容。"宋相公晚上带着他的笛子来这里,每隔一天来一次。我的狐狸们喜欢他的笛子曲,他也十分喜欢我,说要带我去一个好地方,在那里我们天天都能听音乐。不过他不许我对任何人说,因为他绝不能娶我。我告诉他,我不能离开这个地方,也不会嫁给什么人,因为我有心上人,我不会离开他的,绝不会!"

"宋相公没跟我说起过你的父亲。"

"当然不会说。我爹不许我跟别人谈起他,而我现在告诉你了!"她害怕地瞥了狄公一眼,然后用一只手按着喉咙,"我咽不下东西……头痛得厉害,脖子也痛,越来越难受……"她的牙齿开始打战。狄公站起身来。明天必须带这姑娘离开这个地方,她病得很重。

"我去告诉小凤你不舒服,明天我和她一起来看你。你爹从来没说过要你跟他住在一起吗？"

"为什么要住在一起呢？他说过我在这里照看我的爱人和狐狸们，去哪儿都没这里好！"

"还是小心那些狐狸为好。它们要是咬了你……"

"你怎么可以这么说？"她气愤地打断了狄公的话，"我的狐狸们从来不咬我！有几个天天陪我睡在那边的屋角里，还舔我的脸。你走吧，不想看到你了！"

"我是喜爱这些小生灵的，红花，不过它们有时也会生病，跟人一样。它们要是咬了你，你也会染病的。我明天再来，告辞。"

她随狄公走到前院，指着狐狸的石像，腼腆地说：

"我想把那块好看的红头巾给我的心上人披上。你说那石狐狸会生气吗？"

狄公思忖了一会儿。他想，为了姑娘的安全，那假人还是模样可怕些好，于是答道：

"我想石狐狸会发脾气的，还是不要动它的头巾。"

"谢谢你。我要给心上人做个披风别针，用宋相公答应送我的银发簪做。告诉他明天带来，好吗？"

狄公点头应允，然后走出那扇破旧的大门。放眼望去，月光下的荒地看不到一只狐狸。

十

　　到了洞明寺后面的松树林，狄公把提灯放在一棵树下。他把浑身上下的灰尘都打了一遍，然后从后门进入寺庙大院。刚才误以为是如意法师的屋角那扇窗已经关上了。

　　两个和尚站在大殿前的台阶上说着话，狄公走上前去。

　　"我是来见如意法师的，可是他走了。"

　　"师傅是前天来的，施主。今儿上午搬到罗县令府上去了。"

　　狄公谢过他们，便径自往大门走去。那两个轿夫正蹲在路边，用黑白两色的圆卵石赌钱玩呢。他们见狄公走来，慌忙起身。狄公要他们把他抬到县衙。

　　一到县衙，狄公便直奔主院。他想在别的客人到达之前先跟罗县令谈一下，然后快速换一件较正式的服装。

五六个丫鬟在大厅前面那景致优雅的园子里来回奔忙，把五彩缤纷的小灯笼挂在花丛中，两个男仆在荷花池对面搭了一个放烟火用的竹架。狄公抬头一瞧，看见罗县令站在二楼露台的红漆栏杆旁，正与高师爷说着话。只见罗县令身穿蓝锦缎宽袍，头戴高高的乌纱帽。晚宴尚未开始，狄公心中一喜，快步登上宽阔的木楼梯。

罗县令看到狄公走上露台，惊呼道：

"我的老兄！你怎的还未换衣服？客人马上就到！"

"我有急事要跟你说。单独谈。"

"高放，去看看管家那里宴席安排得怎样了！"高师爷刚离开露台走进屋里，罗县令便急切问道："快说，什么事？"

狄公倚在栏杆上，向罗县令讲述了《黑狐曲》，以及他如何顺着这一线索摸到了那个破庙，也介绍了他与红花的谈话内容。狄公一说完，罗县令面露喜色，高兴地说：

"太好了，老兄，太棒了！这就是说，咱们的谋杀案已经有了一半眉目，因为我们知道了杀人动机！宋依文到此来查访杀他父亲的仇人，但那家伙得了风声，便把可怜的宋书生给杀了。那恶棍在宋依文的住处翻找的就是宋氏的笔记，那里面记有十八年前的谋杀案。而且找到了！"狄公点点头，罗县令又接着说："宋依文到我的文案馆是要查阅他父亲的案情。咱们必须马上把十八年前那个'狗年'的卷宗全部翻阅一遍，只要是与宋姓有牵连且没有结案的谋杀、失踪、绑架，还有别的什么案子，统统找出来。"

"不管牵涉的姓氏为何，只要是这类案子，"狄公纠正他，"因为宋依文并不想公开他的调查，所以'宋'也许只是个假姓。他是打算找出凶手并搜集到证据后再公开自己的身份，然后提出诉讼。唉！那家伙杀了宋依文，不过现在被咱们盯上了！"

狄公将着长须接着说："另一个我想见的人是红花的父亲。那个狠心的恶棍竟让自己的私生女住在那种污秽的地方！那孩子病了。咱们得找小凤问问，她也许认得出红花的父亲，即使认不出，至少也能说说他的长相。小凤见过他从破庙出来，脸上没蒙头巾。咱们找出那恶棍后，就要他供出当年勾引的女人，还要想想能帮红花做些什么。小凤到了没有？"

"噢，她到了，就在宴会厅后面的临时休息室里。玉兰陪着她，帮她化妆什么的。把她叫到这里来吧，休息室里还有另外两个跳舞的姑娘，咱们要单独跟她谈。"罗县令往栏杆下看了一眼，"我的老天，邵大人和张大人都到了！我必须赶快下去迎接。狄兄，你还是从那边小楼梯下去，尽快换一下衣服！"

狄公从露台尽头的小楼梯下去，快步往自己住的院子走去。

他挑了一件暗花图案的深蓝色袍子，一边穿，一边想着马上就要离开金华了，看不到这桩复杂离奇的谋杀案断结，实在是个遗憾。首先要弄清十八年前被害的宋依文之父的身份，然后罗县令就会调查他的死因，把所有与他有过联系且如今仍在金华的人全部调查一遍。这样做不说几个月，至少也要花上许多天的时间。狄公本人想做的是想把红花挪到一个适宜居住的环境中。等她医病时，罗县令就会询问她与被害人宋依文的谈话内容。他不明白宋依文为何找红花，难道就因为他喜爱古怪的音乐？似乎不可能。不过，宋依文倒像是爱上了红花。孟员外家的丫鬟提起过宋依文喜欢情歌，他曾向丫鬟打听的银发簪现在看来是为红花买的。各种各样有趣的可能性都存在。他对着梳妆台上的镜子正了正官帽，然后匆匆往正院走去。

灯火通明的露台上，织锦缎的袍子熠熠生辉。显然，宾客们正在欣赏张灯结彩的园子，这倒使狄公避免了走进高朋满座的厅堂时的尴尬。

狄公登上露台，首先向邵学士行礼，只见他身穿耀眼的金色花锦袍，头戴表明学士院学士身份的官帽，后面拖着两个长长的黑丝带。如意法师身着一件带黑色宽边的酒红色袈裟，这倒让他有了几分威严。张兰波选了一件绣有金色花纹的褐色绸缎袍子，帽子带着金边，他这时已经精神抖擞，正兴致盎然地与罗县令说着话。

"狄兄，你说是不是，"罗县令突然问道，"表现力强是咱们这位贵客的诗作最突出的特点？"

张兰波赶快摇头。

"咱们别浪费时间空说恭维话了，罗兄。自从辞去朝廷的职务以后，我一心一意编撰自己三十年来的诗作，而表现力倒正是我诗作的不足之处。"罗县令刚要反驳，张兰波举起了手，"我想告诉你原因。我一直生活在平静的环境中，衣食无虞。诸位都知道，我夫人也是诗人，我们膝下无子女。我们住在京城外一处好看的乡间宅邸里。每天，我照看金鱼和盆景，我夫人管理花园。偶尔有朋友从城里来吃顿便饭，然后在一起聊天作诗直到深夜。我一直认为这样很幸福，可最近突然意识到我写的诗仅仅反映了一个幻境，一个我自己心里的幻境。由于我的诗缺少与实际生活之关联，所以总显得呆滞，苍白无力，没有生气。这次我去祭拜了祖庙，回来后一直自问，几卷毫无生活气息的诗集，是否足以说明我没有虚度五十年时光。"

"张大人，您所说的幻境，"罗县令诚恳地说道，"实际上比真实的生活更为真实。我们日常生活，这外部世界，皆变幻无常的；而你却抓住了生活内部之永恒真谛。"

"罗县令，谢谢你的赞誉。然而我觉得只要我有机会经历一次情感的破灭，甚至是一场悲剧，彻底搅乱我平静的生活，我就会……"

"完全错了，张兄！"邵学士朗声插言道，"如意法师，我也想听听你的高见！张兄，我年届花甲，长你十岁。官场四十年，几乎在朝廷所有重要部门任过职，养活了一大家人，历经了所有官场与家庭的情感种种波折！只有在去年我退休后，才能一个人自由自在地去以前喜欢的地方游览，只有到现在我才算看穿事物的外表，才明晰世俗以外存着更为永久的价值。而你不一样，张兄，你有能力越过世俗的羁绊。你甚至可'不出户，知天下；不窥牖，见天道'。"

"你在引用《道德经》！"如意法师说道，"道教的倡导者是个饶舌的老傻瓜，他说沉默是金，却口授一本五千字的书！"

"我不同意，"张兰波抗议着，"佛陀……"

"佛陀是个邋里邋遢的叫花子，孔夫子是爱管闲事的空谈家。"如意法师怒道。

狄公被他的最后那句话惊呆了，他朝邵学士看去，心想邵大人一定会愤而抗议。可是邵学士只是微笑着问道：

"如果你对三教全都不屑一顾，那么法师，你属于什么呢？"

"什么也不是。"胖和尚不假思索地答道。

"哦，那不对！你属于书法！"邵学士大声说道。

"告诉你吧，罗县令！吃完饭，我们要把大厅里那块大绸幔放到地板上，请如意法师题个对子在上面。用大扫帚或别的什么！"

"好极了！"罗县令欢呼道，"这块绸幔将成为传世之宝。"

听到这里，狄公记起有时在寺庙的外墙或别的什么碑石上，曾见到过气势磅礴的题字，足有五六尺高，落款是"如意叟"。面对这个相貌丑陋的胖和尚，狄公心中平添几分敬意。

"请问法师，你如何能写出那般巨大的字呢？"

"贫僧站在一个架子上，挥动一把四五尺长的刷子。贫僧在布幔上题字时，就对着布幔架一把梯子，爬在梯子上写。最好告诉你的仆役们，准备一桶墨水，罗县令！"

"谁能要一桶墨水？"玉兰那悦耳的嗓音响了起来。她的脸经过一番精心化妆后，着实美得光彩照人。她那橄榄绿的长衫裙裁剪得十分合体，正好掩盖了她有点发胖的身材。狄公冷眼旁观，只见她轻松自如地加入到众人的谈话中，语气和态度都极为得体，对邵学士和张兰波既有以文会友般的亲密融洽，又不失分寸地带着敬意。能以如此闲适之态与不是自家人的男子平等相处，也只有多年委身风尘的女子才做得到。

老管家推开移门，罗县令请宾客们到宴席厅入座。大厅内有四根粗大的红漆柱子撑着色彩鲜艳的橼子，每根柱子上都题着吉祥的金色大字，右边的柱子是上联"共享太平年"，另一根柱子则是下联"幸逢圣明主"。大厅两边的拱形门框上雕着复杂的图案，左边的门洞通往侧厅，仆役们在那里烫酒；对面的侧厅里则坐着一支六人乐队，两名笛子手，两名胡琴手，一名吹笙的姑娘，还有个姑娘坐在一张大古筝前。大厅的正面挂着三幅白绸拼成的巨大幔帐，乐队奏起欢快的迎宾曲时，罗县令郑重其事地引着邵学士和张兰波往幔帐前的贵宾席走去。两位贵宾推辞了一番，还是按罗县令的意思就座了。罗县令请狄公坐在左首的桌子，与张兰波为邻，然后把如意法师安排在右首桌子，那是上座。最后，他让玉兰坐在狄公的右边，他自己则坐在如意法师边上，在席的下首。桌子上铺着绲有金边的大红锦缎，碗碟都是彩色细瓷，酒杯是纯金的，筷子是银的。大盘子里堆着满满的腌肉、咸鱼、火腿片、咸鸭蛋，还有许多别的凉菜。大厅的墙边是一圈高高的落地枝灯，把大厅照得灯火通明。尽管这样，三张餐桌上还分别放有两个银烛台，上面点着红烛。丫鬟斟上酒以后，罗县令端起酒杯祝酒，祝接着，大家都拿起了筷子。

邵学士立刻与张兰波谈起了京城里熟人们的近况，这样，狄公便有空与玉兰交谈了。他彬彬有礼地问玉兰何时到的金华。原来她两天前就到了，押解她的是三个人，一名班头和两名衙役，他们住的小客栈就在蓝宝阁后面。玉兰毫不讳言地告诉狄公，蓝宝阁的教坊主以前曾在京城她待的那家有名的青楼里管过事，还说她去拜访过教坊主，一起叙叙旧日的时光。"我在蓝宝阁遇上了小凤，"她补充道，"一个技艺精湛绝顶的舞姬，极聪明的姑娘。"

"我看她过于自负。"狄公说道。

"你们男人永远不理解女人，"女诗人冷冷地说道，"不过这对我们倒是件幸事！"她厌烦地瞥了一眼正要发表长篇大论的邵学士。

"我谨代表在座各位向罗县令表示大家最深切的谢意。罗县令是一位极富才情的诗人，亦是称职的父母官、无可挑剔的主人！感谢他让我等有机会在中秋前夕欢聚一堂，共庆佳节！在座人虽不多，却皆为老友，志同道合，亲密融洽。"邵学士炯炯有神的眼睛转向女诗人，"玉兰，你要为大家今天的聚会作诗一首，题为《欢乐重聚》。"

女诗人端起酒杯，在手中转了一会，然后便用圆润响亮的嗓音吟道：

> 金尊琼浆暖，
> 银盘盛肴香；
> 红烛高照月，
> 杯觥舞清光。

她顿了顿，罗县令满意地笑着点了点头。可是狄公注意到，如意法师正盯着女诗人，鼓鼓的眼珠闪着不安的神色。玉兰接着吟道：

> 但见红烛泪，
> 岂知人悲伤；
> 酒肉应有灵，
> 皆为贫民躯。

举座皆惊，一片肃静。张兰波的脸涨红了，他愤怒地瞪了女诗人一眼，声音嘶哑地说道：

"你说的是一时之景况，玉兰，而且是发生在旱涝灾区的事。"

"这种情景随时随地都能看到，你不会不知道！"她断然反驳道。

罗县令赶紧击掌。乐队奏起了欢快动人的音乐，两个跳舞的姑娘飘然而入。两人都很年轻，一个穿着飘逸的半透明白色长纱裙，另一个穿着天蓝色长衫。她们到主桌前道了万福礼之后便抬起胳膊，缓缓地转身，长长的袖子跟着她们转成大圈子。她们两人一个踮起脚尖，另一个单膝跪地，不断地快速交替变换，此为有名的《双燕舞春》。尽管两人都跳得十分尽力，却全然没有舞者的那种自如与轻松，她们似乎不习惯露出薄如蝉翼的纱裙下的肌肤。宾客们三三两两交谈着，对她们并不十分在意，仆役们不停地端上热气腾腾的菜肴。

狄公偷偷打量着他的邻座。只见玉兰绷着脸，无精打采地用筷子戳着食物。狄公从罗县令为她写的传记中知道，她曾经有过一贫如洗的经历，并且甚为赞赏她的坦率直言。不过她的诗对罗县令这样殷勤好客的主人来说未免有些不友好，甚至可以说太无礼了。狄公探过身问道：

"你不觉得你的诗有些不妥吗？我知道，罗县令尽管表面上嬉笑取闹，实际上是个最尽责的官员，不仅用自己的钱款待我们，对救济机构也是慷慨解囊。"

"谁需要救济？"她不屑一顾地问道。

"不管需不需要，救济总还是帮了不少人。"狄公冷冷地说道。他实在不理解这个奇怪的女人。

音乐停了，两个跳舞的姑娘弯腰行礼，宾客们敷衍地赞了几句。菜还在上，酒仍在添。罗县令起身，满脸笑容地说道：

"刚才各位看到的表演只是一个引子，真正的节目还在后面！吃过糖醋鲤鱼后，咱们歇一会，到露台上去看烟火，再请大家看一出本地特有的古老舞蹈。舞者是小凤，由两支笛子和一面小鼓伴奏，伴舞曲名为《黑狐曲》。"

罗县令说完坐了下去，宾客们一阵哗然。

"好主意，罗县令，"邵学士高声道，"我总算能看到一直无缘得见的舞蹈。"

"非常有意思。"张兰波评道，"我是本地人，知道这地方有一个狐狸的古老传说，不过还从未听说过这个舞蹈。"

如意法师声音嘶哑地问罗县令：

"你认为在这个时候跳这个鬼舞合适吗……"

其余的人都沉浸在丝竹管弦奏起的活泼旋律中。狄公还想跟玉兰聊聊，可是她断然道：

"请稍候！我喜欢这个音乐，以前用它跳过舞。"

狄公只得专心吃鱼，鱼是糖醋汁做的，味道确实不错。突然，外面传来一阵呼啸声，一枚火箭拔地而起，留下一道绚丽的光彩。

"请上露台！"罗县令喊道。然后又对着站在绸幔边上的管家喊道："把灯全熄掉！"

宾主全都起身往露台走去。狄公站在红漆栏杆边，挨着玉兰。玉兰的另一边是罗县令，高师爷和老管家站得稍远些。狄公转过头去，隐约看见后面是邵学士高高的身影。他心想如意法师和张兰波大概也在那里，但他看不见他们，因为灯烛全熄了，大厅里影影绰绰，漆黑一片。

从阳台上望下去，园子里搭的竹架上出现一个转着圈的五彩光环，爆竹的火花在它的周围闪烁，光环越转越快，忽地化作一片斑斓的彩色星星。

"太漂亮了！"邵学士在狄公身后说道。

接下来出现一束花，片刻间轰然声起，散成一片彩蝶。然后是一连串色彩艳丽的图案。狄公想找玉兰搭话，但是看到她拉长着脸，一副倦容，又犹豫了。玉兰突然转向罗县令说道：

"罗大人，您安排得真好，极为壮观！"

罗县令的谦辞淹没在一片爆竹声中。狄公闻到一股园子里漫上来的刺鼻火药味，他感到一阵舒适，头脑也清醒了一些，因为他刚才一连喝了好几杯酒。这时园子里出现了代表"福、寿、禄"的图案，最后又响了一阵爆竹声，园子里就黑下来了。

"罗县令，太感谢了。"张兰波说道。他和邵学士、如意法师已经走到栏杆边上了。就在这一群人正围着罗县令表示感谢的时候，玉兰小声对狄公说：

"那个传统的'福、禄、寿'很愚蠢。如果你有福，钱财会让你生出烦恼，长寿又会使你耗尽福气。这儿很冷，咱们进屋去吧，他们又点灯了。"

客人们重新入座后，六名仆役端上热气腾腾的水饺。玉兰没有坐下。

"我去看看小凤准备好了没有。"她对狄公说道，"那姑娘希望在这些贵宾面前展露才华，一举成名。她定是梦想有人邀她去京城！"说完，她往桌后的拱形门洞走去。

"我提议为咱们慷慨的主人干杯！"邵学士大声说道。

宾主一起举杯。狄公夹了一只饺子。饺子是猪肉和大葱作馅，用生姜调味。他注意到，如意法师面前有一道特殊的素菜——油炸豆腐，不过他并未动过。如意法师鼓起的眼睛紧紧盯着女诗人走出去的门洞，粗粗的手指把一块果脯捏得稀烂。突然，罗县令手中的筷子掉了下来，手指着门洞，忍不住惊叫了一声。狄公连忙转身。

中秋前夕，罗知县府邸中举办的晚宴（高罗佩　绘）

玉兰站在门洞里，脸色死白，茫然地看着自己的手。她的双手满是鲜血。

十一

　　玉兰的腿开始打晃，狄公离她最近，跳起来扶住她的胳膊。
"你受伤了吗？"他高声问道。

　　女诗人抬头呆呆地看着他。

　　"她……她死了，"玉兰踉跄了一下，"在后厅。脖子
上……有个豁口。我……我沾了两手……"

　　"她说了些什么？"邵学士喊道，"是割破手了吗？"

　　"不是，好像是那个跳舞的出了点意外，"狄公冷静地告诉
他们，"咱们去看看如何处置。"他对罗县令点头示意，然后带
着玉兰走出去，玉兰紧靠在他的胳膊上。侧厅里，高师爷和管家
正在吩咐丫鬟做事。他们惊恐地看了玉兰一眼，丫鬟手中的托盘
砰的一声掉在地上。罗县令快步跑出来，狄公小声告诉他："小

凤被杀了。"

罗县令厉声对高放喝道：

"跑去大门口，告诉他们谁也不准出去！派人去叫仵作！"
然后对管家说："把所有对外的门都立即锁上，再去把女牢头叫
来！"他转过身，对着呆若木鸡的丫鬟吼道："把玉兰小姐带到
露台尽头的小屋去，让她坐在椅子上，陪着她，等女牢头来了你
再走！"

狄公刚才从丫鬟的腰带上撕下一块布，这时候正手脚麻利地
为玉兰擦拭血迹，她的手上没有伤口。"咱们从哪儿到后厅？"
他一边问罗县令，一边把晕晕乎乎的玉兰交给丫鬟。

"跟我来！"罗县令说着便沿大厅左边一条狭窄的过道走
去。过道尽头有一扇门，推开房门，他站住脚，倒抽了一口气。
屋里对着房门有一段往下的楼梯，狄公扫了一眼黑乎乎的台阶，
便随着罗县令走进那间狭长的屋子。室内弥漫着汗臭和香水味，
里面没有人，只有小凤半裸的尸体仰卧在黑檀木的坐榻上，落地
枝灯的灯光透过白缎子灯罩映在她身上。她只穿着透明的衬裙，
白皙而富有弹性的腿拖在地上，细细的胳膊甩在外面，受过伤的
眼睛则瞪着天花板。左边脖子上有一大摊血迹，慢慢往外渗的血
水滴在座榻的草垫上，她那瘦骨嶙峋的肩膀上印着几个血手印。
她那涂着厚厚的脂粉、像假面具般的脸，那长长的鼻子以及扭曲
的嘴里露出的小尖牙齿，不禁让狄公想起狐狸的鼻嘴来。

罗县令把一只手放在那小小尖尖的乳房下面。

"肯定是不一会儿前才出的事！"他说着直起腰来，"凶器
在这儿！"他指着地上一把染血的剪刀。

罗县令俯身察看剪刀的时候，狄公快速扫视了一下小凤的行头。只见衣裙叠得整整齐齐地放在小梳妆台前的椅子上，屋角高高的衣架上挂着一件宽大的绿绸裙，袖子很宽，还挂着一条红腰带和两条透明的长丝巾。狄公转而对罗县令说：

"她是在准备套上跳舞的衣裙时被人杀害的。"他从桌上拿起宋依文的乐谱本，塞进袖子里，目光落在一扇小门上。这扇小门与他们刚才进屋的门成一个直角。"这门通往哪里？"

"通到宴会厅。就在后墙的绸幔背后。"

狄公转了转门把子。门开了一条缝，他听到张兰波的声音："……听说罗县令府上有医生，以防……"

狄公轻轻拉上门，说道：

"罗兄，你要到各处好好察看一下。我去大厅里代理东道主，你看行吗？"

"去吧，狄兄！真庆幸你刚才说是出了意外。咱们就坚持这样说，不能让客人受惊。就说她不小心被剪刀伤了。待会儿见，我先去把所有的人都审一遍。"

狄公点点头出去了。他让侧厅里一大群吓坏了的仆役各司其职，自己又进了宴会厅。狄公落座后，说道："那姑娘的剪刀掉在右脚上，一根血管割断了。玉兰想帮她把血止住，结果晕了，跑过来求助。请允许我代替罗兄尽地主之谊。"

"女人遇上这种事是会昏头的！"邵学士道，"幸好不是玉兰受伤。当然我也为小凤姑娘难过，不过我倒不觉得不看那个狐舞有什么遗憾的。咱们聚在一起不是为了看一个乡下姑娘蹦蹦跳跳！"

"跳舞的伤了脚，真够倒霉的。"张兰波道，"哎，咱们现在是四个人，不必再拘礼，何不把三张桌子拼成一张？要是玉兰恢复过来，咱们再给她腾地方。"

"好啊！"狄公喊道。他击掌唤来仆役，让他们把边上的两张桌子跟主桌拼在一起，然后他和如意法师把椅子挪过去，这样就跟邵学士、张兰波隔着临时拼凑的大方桌对面而坐。狄公示意丫鬟把酒杯都斟满，四人便一起举杯祝小凤早早康复。接着，仆役用托盘端上烤鸭，乐队又换了一首曲子。邵学士举起手喊道：

"叫他们把那个盘子端走，狄县令！把那几个拉琴的也打发走。咱们吃够了，也听足了，现在该正式喝酒了！"

诗人张兰波举杯祝酒，接着是如意法师提议干杯，最后狄公代表罗县令同三位客人干杯。邵学士和张兰波对古文和时文孰是孰非争得没完没了，这倒使狄公可以跟如意法师谈谈了。法师饮了不少酒，他修行立戒时显然没有说要戒酒。他那张粗糙的脸上渗出一层细细的汗珠，看上去更像蛤蟆了。狄公开口问道：

"吃饭前，你说你不是佛门弟子，那为什么还保留法师的称号呢？"

"这个头衔是年轻时授予我的，就这么沿用下来。"如意法师粗着嗓门答道，"我承认名不符实，因为人死以后的事情我是不管的。"他一口喝干了杯中的酒。

"这地方好像有很多佛教徒。我见一条街上有六七座寺庙，我只抽空看了一座，叫洞明寺。那是哪个教派的？"

如意法师打量着狄公，鼓鼓的眼睛里闪着异常的红光。

"哪派也不是。修行全靠自己，不需要佛祖的指点。洞明寺没有辉煌的大殿，没有经书，也没有闹哄哄的场面，很清静，我每到此地都住在那里。"

"嗨，法师！"邵学士喊道，"张兄告诉我，他写的诗越来越短了！他说最后就像你一样，只写两行！"

"我要像你就好了！"张兰波若有所思地说道。他的两颊涨红了。狄公心想，张兰波不如邵学士酒量大。邵学士的下巴上垂着肉，苍白的脸上毫无表情。张兰波摇摇头接着说："法师，你的诗句乍一看来并不新鲜，有时好像什么意思也没有！然而看过之后却无法忘怀，终于有一天茅塞顿开。各位，为咱们杰出的对句诗人干一杯！"

待众人喝干杯中酒，张兰波继续说道：

"现在这儿没有外人，咱们何不用那块绸幔为主人题几个字呢，嗯，如意法师？你的书法无可匹敌，也可为罗兄补偿一下未喝到的酒！"

丑和尚放下酒杯。

"不可那样轻率，张兄，"他冷冷地说道，"贫僧做事一贯认真。"

"别找借口了，法师！"邵学士高声说道，"你不敢写，因为喝多了。我敢说，你的腿都打战了！快，不写就没机会了！"

张兰波放声笑了起来。如意法师不理会他，小声对狄公说：

"把那块幔子放下来太费事了，仆役们都在忙碌。若是给贫僧一张纸，贫僧就在桌子上为主人写首诗。"

"好吧！"邵学士对他说，"我等宽宏大量！既然你喝多了，写不成大字，就饶你写小字吧！叫人拿笔墨来，狄县令！"

两个仆役上来清理桌子，一个丫鬟拿上来一卷纸和一个放着笔墨砚等物的盘子。狄公挑了一张一尺多宽、四尺多长的厚纸摊在桌上，如意法师边磨墨边念叨着什么。等到胖和尚提起笔来，狄公忙按住纸的上端。

如意法师起身，对着桌上的纸稍一凝视，然后大笔一挥写下两行诗句。只见他挥笔如同甩鞭，一行一挥而就。

"我的老天！"邵学士叫了起来，"这就是古人说的灵感！我不能说这诗句如何，不过这字确实该刻在石碑上留给后代！"

张兰波念起诗句来：

"'匆匆复归宿，水泼灭灯烛。'愿意解释一下吗？"

"不行。"和尚换了支小些的笔，落款题赠罗县令，然后一笔写下"如意叟"。

狄公吩咐丫鬟把那张纸挂到绸幔中央。他觉得这两句诗给躺在后边屋里的小凤当墓碑文倒很合适。

此时高师爷走了进来，他弯下腰对狄公耳语了几句。狄公点头说道：

"罗县令要我转告各位，他实在无法前来奉陪，万分抱歉。玉兰因剧烈头痛，也不能前来。我希望各位允许我代行主人之道。"

邵学士喝干杯中的酒，擦了擦胡子，说道：

"狄县令，你十分称职，不过我想咱们也该散了，嗯，各位？"他站起身来，"明早我们一起去观月坛的时候再向罗县令致谢。"狄公把他引至宽楼梯口，高师爷带着张兰波和如意法师跟在后面。下楼时，邵学士满面笑容地对狄公说道：

"狄县令，下次再见面时咱们两人一定要好好谈谈！我很想听你谈公务方面的问题。我一向爱听年轻官员的见解……"突然，他疑虑地瞥了狄公一眼，似乎在考虑他以前是否说过这话。然后，他愉快地结束了谈话："咱们明天见，晚安！"

狄公和高放一再向三位客人行礼道别，送走他们以后，狄公问道：

"高师爷，罗县令在何处？"

"在大厅旁的侧厅里，我带您去。"

罗县令弓着背坐在茶几旁的椅子上，胳膊肘搁在茶几上，头低垂着。听到狄公进来的声音，他抬起疲惫无神的双眼。他的圆脸拉长了，连胡须也无力地垂挂下来。

"一筹莫展，狄兄，"他的嗓音沙哑，"完了，全完了！"

十二

　　狄公拉过一张椅子，坐在罗县令对面。

　　"不见得有那么糟糕。"他安慰道，"家中出了谋杀案当然不是好事，可事已至此，亦为无奈。至于这桩猖獗的谋杀案的动机，我想城里那个笛子手的话你或许会有兴趣。我曾去向他请教宋依文的乐谱，他告诉我，小凤是个骗取嫖客钱财的老手。一个姑娘挑逗了男人，然后在最后关头又拒绝他们，这是最易积仇树敌的。我猜想是一个与她有积怨的人，趁着酒席前人来人往忙碌时混进府中，然后从那个我刚才看到的暗梯进入后厅。"

　　罗县令原先似听非听，这时却抬起头来，无精打采地说道：

　　"打我住进来后，那个楼梯下的门一直是锁着的。我的女眷们虽说有时也会不那么温良顺让，但我还没有想过要启用'皇妃梯'。"

"皇妃梯？那是什么东西？"

"啊，你大概不读时下的诗作，对吗？是这么回事，二十年前，那个住在这个院里的皇九子不仅是个臭名昭著的叛逆，而且还是个惧内的男人。有人说，正是妃子的唠叨责骂，才逼他走上了背运的叛乱之路。'幕后听政'这句话说的就是九皇妃。她叫人在宴会厅后面建了那间小小的后厅，还有那往下的楼梯，楼梯接着一条过道，一直通到女眷住的院子。大厅的后面放着一道屏风，跟现在一样。九皇子召见部下时就坐在屏风前的宝座上，九皇妃便到后面的小厅里，站在屏风背后监听全部过程。如果皇妃在屏风上敲一下，皇九子就会说不同意，如果敲两下，他便表示同意。这个故事广为流传，后来'皇妃梯'就成了一个典故，暗喻惧内的丈夫。"

狄公点点头，"嗯，要是谋杀者无法从那个楼梯进入后厅，那他是如何……"

罗县令长吁一声，无可奈何地摇摇头。

"你看不出来吗，狄兄？肯定是那个该死的女诗人干的！"

狄公直起身。"不可能，罗兄！你是说玉兰进休息室时，小凤正……"他说了半句便停住了，"老天！"他自言自语道。"对呀，她有可能作案。不过，那又为什么呢？"

"你不是读过我给她写的传记吗？我想那里面说得够清楚了。她已经厌倦了男人。看到小凤以后，她喜欢上了她。当时她亲自把小凤带到我的书房，我就觉得有点儿怪。'我的这个小凤'，'我的那个小凤'！今天晚上她很早就来了，帮着小凤准备晚上的演出。准备，见她的鬼去吧！她在休息室里转悠了两刻时，就是想巴结那个姑娘！可小凤以告发来威胁她，于是晚宴前半场时，她便想出一个不让她开口的阴谋。"

"难道就因为小凤要告发她？"狄公有些不信，"玉兰根本不会在乎！以往她有过多次……"他拍了一下脑门。"罗兄，真是惭愧！今晚我特别糊涂！老天爷，小凤若正式控告，玉兰有可能杀头！因为她的控告会证实那个被害丫鬟相好的证词，整个局势就会对玉兰不利。"

"正是如此。她被迫离开四川的缘由被她严严实实地隐瞒起来了。那个受牵连的姑娘是刺史的千金，因此那里不会有任何毁灭性的证据传过来。不过，若是一个职业舞女在公堂上披露骇人听闻的细节，控告她在一间与朝廷官员晚宴大厅仅一墙之隔的屋里所犯下的罪行，事情就不会那么简单了。那将使玉兰低头服罪，永世不得翻案！女诗人是走投无路。"他用短粗的手抹抹汗涔涔的脸，"不过我现在最狼狈！作为县令，我有权扣留被押解过境的被告，可是我肯定要把她交给都头看管。有我签章的公文白纸黑字明写着，只要她在我的辖境内，我负全责。如今这个女人在此地犯了案，而且还是跟前一个案子同样性质的！无耻至极！她指望我来为这案子诡辩，把它判成是不知名的外来者所杀，这样一来，我和她都解脱了。可是她看错人了！"

罗县令叹了口气，神情忧郁地接着说：

"倒霉透了，狄兄！我只要一报告这桩丢人的案子，朝廷就会以玩忽职守罪停我的职，将我发配到边疆去服劳役。这还是幸运的！要知道我把这个女人邀来，是想让她赢得京城大佬们的赞语，是给身处困境中的她一个友善的姿态！"他从袖子里抽出一块大绸帕擦擦脸。

狄公靠在椅背上，浓眉拧成两个疙瘩。他的好友的确处境艰难。当然，邵学士可以暗中帮忙，让这个案子在京城审理时不为人知。再说，公开宣扬这个案子也会有损邵学士在京城的威望。另一方面……不行，想得太远了。他回过神来，小声问道：

"玉兰说了些什么？"

"她？她说她走进休息室时，看见那跳舞的躺在那里，血直往外淌，她便扑上去，想把那姑娘扶起来，看是怎么回事！一发现那姑娘已经死了，她就赶快来找我们。这会儿她正躺在我大太太的房里哼哼唧唧的，还给她敷着冷毛巾呢。"

"她没说谁有可能作案吗？"

"噢，她说了。跟城里那个笛子手告诉你的话一样，只有一点不同，她坚持说小凤是个纯洁的姑娘，许多卑鄙下流的男人因此怀恨在心！她说是一个曾被小凤拒绝过的男人溜进府中把她杀死了。这样的说法对我倒是很简单！我什么话也没对她多说，只要求她对外暂时说小凤只出了点意外。"

"仵作验尸结果怎么说？"

"没有新的发现，都在我们的意料之中，狄兄。确认被害的时间就在我们见到她之前一小会儿，最多一刻时。并说她是处女。对于这个，我丝毫不觉惊奇，只要想想她那呆板的脸蛋、扁平的胸部！好吧，最后见到她还活着的是两个舞女，她们收拾好行装准备回蓝宝阁前曾给小凤送过茶点，那时她还安然无恙。"

"仆役们怎么说的？还有乐师？"

"还在想什么闯进来的人吗，嗯？没这么简单！我把每个人都审过了，跟高放一起审的。乐师们在侧厅里看烟火，没有人离开过那间屋子。主楼梯和露台两头的楼梯一直都有仆役在来回走动，不可能有陌生人上了二楼不被发觉。我还盘问了所有的人，看他们是否与小凤有什么干系，但什么也没有。记住，她是个纯洁的女孩！再说，那把剪刀是典型的妇人用的凶器。行了，可以结案了，就这么简单。"他一拳击在桌上，"苍天啊，审判会是什么样子！震惊全国的案子！我将上衙门大堂被审！光明的仕途就这样蒙羞结束了！"

狄公沉思地抚着腮边的胡须，半晌没作声。最后他疑虑地摇摇头。

"罗兄，还有另一种结论，只怕你也不喜欢听。"

"老兄，尽管你说话让人听了不舒服，还是说出来听听吧。像我这样走投无路的人，见了稻草也要捞的！"

狄公把胳膊肘撑在桌上。

"罗兄，涉嫌者不下三人，就是你请的三位赴宴贵宾。"

罗县令惊跳起来。

"狄兄，你喝多了！"

"有可能，要不然，我也许会早些想到这三个人。罗兄，咱们再回到露台上看烟火的时候。你能再描述一下咱们站在栏杆边上的情景吗？玉兰在我左边，你站在她的边上，再过去是你的幕僚和管家。尽管你的烟火绚丽多彩，我还是不时朝周围看看，咱们这几个人都没离开过站立的地方。但是我不知道邵学士、张兰波和如意法师怎么样，他们在咱们后面什么地方。刚开始放烟花时，我瞥到过邵学士，结束时也看到他，那时他正和张兰波、如意法师一起走过来。但是在放烟花的过程中你见过他们三人吗？"

罗县令一直在屋里踱步，听到这里突然停住，坐回到椅子上去。

"狄兄，烟花开始时，张兰波在我后面紧挨着。我请他站到我的位置上来，可他说在我后面看得很清楚。我看到如意法师站在张兰波边上。烟花放到一半时，我想对如意法师说声抱歉，因为烟花花样中没有佛教的图案，可是我回过头去，一个人也没看到，宴会厅漆黑一片，我的眼睛也被烟花照得什么都看不见。"

"这正是我所担忧的。你刚才告诉过我，所有的诗人都知道皇妃梯的故事，还知道大厅后面的小屋，门就在大绸幔后面。这就是说，你的三位客人都有极好的机会谋杀休息室里的小凤。他们事先都知道小凤在哪个屋里，因为你宣布过，等烟花一结束，她就出来表演。他们有充足的时间来考虑这个既简便又有效的计划。仆役们把灯火全熄掉以后，大家都在盯着园子里的烟花，凶手便可回到大厅，溜到绸幔后面的小屋里，佯装说几句奉承的话，然后拿起剪刀把她杀死，再从容不迫地从原路回到露台。全部过程只要一小会儿即可。"

"那要是房门锁着会怎样，狄兄？"

"在那种情况下，他可以敲门，因为烟花的响声很大。如果他发现小凤那儿有丫鬟在，他可以说烟花没什么好看的，想进来跟小凤聊聊，然后把谋杀计划往后推。这是谋杀的最佳方案，罗兄。"

"那当然啰，只要你有心做的话。"罗县令拽着短胡须，若有所思，"可是老天，这三位大人物会……岂不荒唐？"

"你对他们了解多少，罗兄？"

"嗯……你知道跟名人打交道是怎么回事，狄兄。我跟他们三人见过几次面，都是与别人在一起，我们无非谈论些诗文和琴棋书画，对他们的个性知之甚少。不过，老兄，你要知道，他们的言行举止皆是众所周知的！要是谁有什么出格的倾向，人们早就……当然，如意法师是个例外，他对什么都无所顾忌，绝对无所顾忌！他过去并不像现在这么超俗。他以前曾在湖滨区管理过大块的寺院土地，把佃户的血汗都榨干了。后来他悔悟了，不过……"他无力地微笑一下，"说实话，狄兄，我还没有搞明白这案情的新发展呢！"

"罗兄，我理解你。当你不得不把那三位显赫人物当成谋杀嫌疑人来考虑时，确实有些无法接受。至于如意法师，他在餐桌上为你写了一幅漂亮的字，我已经叫人把它挂在绸幔上了。好吧，咱们现在先把什么才华和官位都放在一边，把这三个人都作为谋杀案里的一般嫌疑人看待。我们知道，这三个人都有作案的机会，下一步则是要看有没有动机。先要去蓝宝阁询问小凤的情况。你的三位客人好像都已在金华逗留了一二天。也就是说，在今天下午见到小凤之前，他们有可能已经见过她了。顺便问你一句，他们是如何见小凤的？"

"噢，我带着邵学士和张兰波正要上楼去看宴会厅，玉兰和小凤恰巧下楼，我便把她介绍给他们二人。后来，我从阳台上看到小凤在我家的狐祠前遇到如意法师。你知道的，他就住在狐祠前的小屋里。"

"我明白了。这样吧，等你从蓝宝阁回来，咱们必须设法找出宋依文在文案馆里查阅的卷宗，因为……"

"我的老天！那个被害的书生！两桩谋杀案！且慢，我的管家是如何告诉我关于宋依文的房东的？噢，对了，他派人在那里四下探听，可是茶铺老板在那一带人缘很好，没有什么招人议论之处，也没有什么不明不白的买卖交往。我想他急于把流窜作案的结论推给我们，不过是想显示自己的聪明。大多数人都喜欢冒充侦探！"

"是的，咱们可以把孟员外排除在外。原先我总有个想法，认为宋依文也许跟孟家的小姐有私情。她年轻貌美，丫鬟说有时在夜里能听到她房内有宋依文吹笛子的声音，调子哀婉动人。要是孟员外得知这私情……不过，现在咱们知道宋依文喜欢的是红花，还打算给她买银发簪。宋依文对红花提起过房东，并没有说他怀疑是房东害了他父亲，所以咱们对孟员外是没什么可怀疑的。"他将了将又长又黑的胡子，"罗兄，还是再来说小凤吧！咱们原打算问她红花父亲的长相。你可以到蓝宝阁打听下，小凤是否提到过看护黑狐寺的那姑娘是私生女，还有她的父亲是否仍在金华本地。咱们制订个明天的计划。首先，你去蓝宝阁走一趟。第二件事，把你的旧文档查一下，找出宋依文感兴趣的十八年前的卷宗。第三……"

"狄兄，蓝宝阁的事只能拜托你了！我答应过妻儿，明早带客人去月坛，那是在第四进院里搭的，我一定要到场，而且如果家母起床后觉得精神不错的话，也要去的。"

"那好吧，早饭后我就去蓝宝阁。请给那里管事的老鸨写封便笺，送到我住的院里。回来后我就去找你们看看月坛，之后咱们两人马上到文案馆去查卷宗。至于第三件事，我自己来处理，那就是到黑狐祠去，说服红花离开那个吓人的地方。我想，你这里有地方让她住吧，找个与外界隔绝的隐蔽处。"罗县令点点头，狄公缓缓地接着说："要让她离开那些狐狸和她那可怕的情人，不是件容易事，希望能说服她。说起红花，罗兄，我必须告诉你，如意法师前几天就住在那块荒地附近的寺庙里。他有一种奇谈怪论，说有的人和狐之间存在一种特殊的联系。"他捋了捋胡子，"可惜我没问红花，她父亲是瘦是胖。"

"胡说，狄兄！"罗县令有些不耐烦了，"红花告诉过你，照小凤的说法，那男人长相英俊！"

狄公赞同地点点头。尽管罗县令表面上心不在焉的，听人说话倒是很仔细。

"罗兄，她是说过。可是小凤这样说也许只是为了取悦那可怜的姑娘。午饭后我就去破庙找红花，把她带出来，这样我就可以用整个下午来跟她细细聊聊。当然，如果刺史要召我去就不行了。"

"千万别召你去！"罗县令惊叫道，"狄兄，我不知如何感谢你！你给了我一线希望！"

"只能说是一线微弱的希望。你在翡翠崖的晚宴什么时候开始？我猜想那地方在城外吧？"

"是的，那是此地最出名的景点，老兄！就在离城最近的山上，从西门出去坐轿约一刻时能到。你知道的，中秋节时兴登高！那上面有一片百年老松林，林子边上有个亭子。你一定会喜欢的，狄兄！仆役们下午就上去准备，咱们大约酉正时动身，这样正好上山看日落。"他站起身，"已经过半夜了，我已筋疲力尽，狄兄，还是去睡吧。我上楼转下，看看如意法师为我写的字。"

狄公也站了起来。

"你会发现字写得极漂亮，"他说，"不过看内容他好像知道小凤已经死了。"

十三

　　狄公早早就醒了。他推开门，穿着睡袍站在走廊上呼吸清晨的新鲜空气。园子里的石山影影绰绰，竹叶上蒙着露珠。

　　后面的大院里悄无声息，好像人们都还没有起床。昨晚宴会散席后，仆役们肯定收拾到下半夜才歇息。然而前面的衙门大院里却传来口令声和武器碰撞声。团丁们正在晨操。

　　狄公慢条斯理地梳洗完毕，穿上一件蓝缎宽袍，戴上黑纱方帽，然后击掌唤来仆役。他向那个眼皮又涩又重的仆役要了一壶茶、一碗米粥，加点儿酱菜。一会儿，那仆役端着满满一托盘吃的回来了，有热气腾腾的米饭、各色酱菜、鸡肉冷盘、蟹黄饼、炖豆腐，一个竹盒里盛着煎饼，还有一盘削成片的新鲜水果。显然，如此奢侈的早餐是这府中的规矩。狄公让仆役把桌子移到门外，放在走廊的屋檐下。

他刚开始用早餐，罗县令便差人送来一个封口的信封。信是这样写的：

狄兄：

　　弟命人暂殓小凤，拟送蓝宝阁，且嘱管家亲往，婉告老鸨辨识大体，明日前毋加宣扬，弟可于县衙处理此案。遵兄嘱蓝宝阁介绍笺附上。

　　　　　　　　　　　　　　　愚弟　罗宽松

狄公把信揣进袖子，嘱来人将其带至衙门边门，说是出去散散步。他在街角租了乘小轿，让轿夫把他抬到蓝宝阁。小轿穿过街道，行走在熙熙攘攘赶早市的人群中。狄公心中纳闷，罗县令是如何封锁小凤已死的消息而不让这一大群仆役知道的。也许是那个足智多谋的老管家的安排。小轿在一扇简朴的黑漆门前停下，这是一条僻静的街巷，两边都是住宅。狄公刚想对轿夫说可能走错地方了，突然看见门柱上的小铜匾镌有"蓝宝阁"字样。

凶神恶煞的看门人放他进了院子。院里收拾得一干二净，铺着地砖，雕花的大理石花盆里栽着开花的草木。院子后墙的红漆大门上有一块白色的匾，上写蓝色大字"花开春常在"。匾上没有落款，但是那笔迹酷似罗县令的。

一个宽肩膀的家伙接过狄公手中罗县令所写的便笺，那人满脸痘痕，一副半信半疑的模样，可是当他看到信封背后大红的衙门印章时，赶紧巴结地行了个礼。他引着狄公走过一段带雕花红漆栏杆的露天走道，绕过一个景色秀丽的花园，来到一间小厅。狄公在檀香木茶几边坐下。脚下是松软的蓝色地毯，四周墙上挂着蓝色的锦缎帷幔，雕花的花梨木壁龛里摆着白瓷香炉，泛出龙涎香的袅袅青烟。从开着的房门望出去，他能看见一栋对着花园的两层楼房的一角。楼房的露台挡着涂金的屏风，里面传出琴弦声，显然是在教习音乐。

一个身着黑缎袍子的大个子女人走了进来，后面跟着一个相貌端庄的侍女，端着一只茶盘。那女人双手笼在长袖筒里，说了一番客气话表示欢迎。狄公细细打量一下她肌肉松软的脸蛋，下垂的两颊，圆圆的狡诈眼睛，便觉不喜此人。"罗府的管家到了吗？"他打断了那女人喋喋不休的废话。

那女人叫侍女放下茶盘退下去，然后用白白的大手扯了扯袍子，说道：

"大人，我对此不幸深感痛惜。还望不致给贵客们带来不便。"

"罗县令对外只称小凤伤了脚。能让我看看她的身份牌户籍等物吗？"

"我知道您会要的，大人。"她得意地笑了。

她从袖子里掏出一卷文书递给狄公，狄公一眼就看出那上面并无什么特殊之处。小凤是一个菜贩的小女儿，三年前卖给蓝宝阁，理由很简单，因为她有四个姊姊，她的父母再也拿不出嫁妆了。蓝宝阁让她学跳舞，师从一位著名的善才，她还受过一些初级的读写训练。

"她在客人中或此地熟人中跟谁特别有交情？"狄公问道。

那女人彬彬有礼地给他倒了一杯茶。

"要说光顾这里的官员缙绅，"她低声说道，"几乎都认识小凤，因为她舞技出众，来请她赴各种宴会的人很多。不过也因她的长相平平，只有少数岁数大些的员外请她特别服务，大概是被她男孩似的身材所吸引。她对此倒一概拒绝，我也不对她施压，因为她跳舞挣的钱就够多了。"她接着往下说，平展白皙的额头上出现一丝皱纹，"她是个文静的姑娘，从来不需要什么管教，所有学跳舞的人中间，她是最勤奋的。可别的姑娘讨厌她，说她……有气味，还说她是变成人形的狐狸精。管好这些年轻姑娘真不是一件容易事……需要耐心，做事也要周全……"

"她有没有做过敲诈客人的事？"

那女人大为不满地举起双手。

"请原谅，大人！"她以责备的眼神瞅了狄公一眼，高声说道，"我这里所有的姑娘都知道，谁胆敢违反规矩，谁就会马上被剥光衣服拉到柱子旁等候鞭笞！大人，本教坊素管教严格！当然，小凤也收小费，而且……嗯，她好像很会抬价钱，通过，嗯……各种手段，不过绝对是不出格的方式。她是个听话的孩子，所以我允许她有时去黑狐祠找那个看庙的怪娘们，因为那怪娘们教小凤唱歌，客人们都爱听那些歌。"她咂咂薄薄的嘴唇。"大人，各类地痞恶棍都在南门一带转悠，她一定是在那里交上了不正经的朋友，就是那个人犯下了这滔天大罪。看来对这些姑娘一刻都疏忽不得。一想起我花在她学舞蹈上的钱，还有……"

"讲讲黑狐祠的看门人。她以前可是从这个院里逃出去的？"

那女人责备地看了狄公一眼。

"当然不是。那姑娘是卖给东门附近一家的小店，很低档的那种妓院，去那里的都是些干苦力的或者一些粗人。就是一家……一家窑子，恕在下直言。"

"我知道了。小凤有没有提起过黑狐祠的姑娘不是孤儿，她父亲现在仍在这城里？"

"从未说过，大人。我曾问过小凤，那姑娘是否接待过男人……访客，可是小凤说她是那庙里唯一的访客。"

"才女玉兰对小凤的死极度悲伤。她俩之间可有什么特殊的利害关系？"

那女人垂下眼皮。

"看得出来，玉兰喜欢小凤怯生生又充满青春活力的模样，"她一本正经地答道，接着很快地补充说，"当然也喜欢她的才华。我对女性之间的友谊是最宽容的，况且我以前有幸在京城里认识了玉兰……"她耸耸厚实的肩膀。

狄公站起身。那个女人引他往大门走去时，狄公不经意地说道：

"学士院邵大人、御前侍读张大人，还有如意法师，都为没有看到小凤表演而失望。我想他们以前一定看过的。"

"大人，那好像不可能！那两位声名显赫的大人有时光临此地，不过他们从不参加任何聚会。这次他们接受县令大人的邀请，全城上下都在议论纷纷！不过罗大人是个难得的好人，总是那么善良，那么体恤民心……您刚才提到的法师叫什么名字，大人？"

"那无关紧要。告辞。"

回到衙门，狄公差人禀报罗县令，他发现罗县令在自己的书房里，正站在窗前，两手背在身后。听到狄公进门，他转身无精打采地说道：

"狄兄，希望你睡得不错。我可是折腾了一夜！午夜后半个时辰，我轻手轻脚进了大太太的卧房，心想这下准能好好睡一觉了，因为我的大太太总是很早就入睡的。可是她却睁大眼睛醒在那里，三姨太和四姨太站在她的床前，三个人吵成一团！大太太说，我得为她们解决争端。最后我只得陪着四姨太，她跟我足足讲了半个时辰，告诉我她们是如何吵起来的！"他指着桌上的大信封，表情夸张道："那封信是州府刺史派专人给你送来的。如果是刺史召你前去，我就立即跳河！"

狄公撕开信封。这是一纸简短的公文，刺史并没有召他前往，而是要他限期到任。"不是召我去，而是命我返回蒲阳。最迟明日一早离开此地！"

"愿苍天保佑我！好吧，至少还有今日一天。你从蓝宝阁那里有什么收获？"

"罗兄，只有对玉兰不利的事实：第一，才女确实对小凤怀有喜爱之情；第二，咱们的三位客人都没有去过蓝宝阁，那教坊主认为他们谁也没见过小凤。"罗县令怏怏地点着头，狄公问道："你知道咱们的客人今天下午的计划吗？"

"申时中都去书房，讨论我最新的诗集。你想想，我早就盼着这一天了！"他伤心地摇着圆脑袋。

"你看你的管家派出去的人能胜任吗？跟得上你的客人吗？

午饭后管家要不要出去？"

"天哪，狄兄！你是说跟踪他们？"然后他无奈地耸耸肩，"好吧，反正我的前途是毁了，我想就让我冒一下险吧。"

"好的。我还要你命令负责南门的都头派两名民丁站在荒地进口对面的货摊边，留神那破庙的大门。不管什么人，只要进黑狐祠，就把他抓起来。我不愿让那可怜的姑娘有任何不测，而且我今天下午去那儿时也许用得上那两个民丁。你的客人这会儿在哪里？"

"他们在用早餐。玉兰在我大太太房里。这样我就有时间带你去文案馆了，狄兄！"

罗县令击掌唤来领班的仆役，命他亲自到南门去向都头传达派民丁的事。另外还让他顺便告诉高师爷，请他到文案馆去。

罗县令带着狄公穿过弯弯曲曲的走廊，来到一间宽敞阴凉的屋子。屋内四周靠墙全是宽宽的书架，一直顶到高高的、有镶板的天花。架子上面放满了红皮的文书箱、账簿和卷宗。屋里有一股宜人的石蜡味，那是用来给文书箱上光的蜡，还有防蛀的樟脑也散发出淡淡的香气。红砖地的中央有一张巨大的书案，书案一头有个上了年纪的书吏正在翻寻文书，另一头坐着如意法师，他正埋头阅读一份卷宗。

十四

　　腰圆膀肥的如意法师身穿棕色的麻布袈裟，左肩上有一个生锈的铁扣。他神情严肃地应和着两位县令的寒暄，然后默不作声地听完罗县令对昨晚宴席上那幅题字的溢美之词。最后，他用粗粗的食指敲打着面前的卷宗，粗哑着嗓门说道：

　　"偶然路过，进来翻翻农民暴动的史料，二百年前的。南门发生过大屠杀，要是当年死于刀下的人如今都还在那地方，你挤都挤不过南门去！你需这份卷宗吗，罗县令？"

　　"不要，法师。我是来找一份文书的。"

　　如意法师鼓起蛤蟆般的眼珠瞪了他一眼。

　　"是这样吗？那好，如果你找不到那份文书，就把这屋子封起来，到你的狐祠去点上一把香。等你再回到这屋里来时，你要找的文书就会从架子上伸出来。狐狸精有时候会帮助官员的。"
他把卷宗合上，站起身来。

"哎，现在能去看月坛了吗？"

"我这就引你去，法师！狄兄，待会儿过来。哈，我的师爷来了！帮着狄大人找卷宗，高放！"

罗县令走出去，毕恭毕敬地为如意法师打开门。

"您要找什么，大人？"高放的话音很清晰。

"我听说十八年前的狗年，此地曾发生过一起谋杀案，一直未破，高师爷。我想看看那个案子的卷宗。"

"那一年因皇九子的反叛，谁都记忆犹新！不过要说没破的谋杀案，没有，我不记得看到过那样的材料。也许那个老头知道，大人，他是这儿土生土长的！嗨，刘老儿，你记得十八年前狗年有一起未破的谋杀案吗？"

那上了年纪的书吏想了想，用手指捋着乱蓬蓬的下巴胡须。

"没有，大人。那一年大将莫大凌反叛，金华很乱，百姓都遭殃了，不过没未破的谋杀案。没有，大人。"

"我看过莫将军的案子，"狄公说道，"他是皇九子的同谋，对吗？"

"噢，不错，大人。所有的文案都在右边第五个架子上的大红箱子里。旁边纸封面装订的卷宗是那一年其他案子的材料。"

"高师爷，咱们把那些卷宗全都搬下来，放在桌子上。"

那个书吏搬了把梯子靠在架子上，把卷宗一件一件搬下来递给高放。高放把它们按时间顺序排放在桌子上。桌上的文案越摆越长，狄公意识到这件事很费工夫。这其实不一定是个未结的谋杀案，也可以是个结过的案子，只不过是把无辜的人判成有罪的罢了。当时的原告实际上就是杀人凶手。

"高师爷，你们的文案管理得真好，"他说道，"这上面一尘不染！"

"我叫书吏每个月把卷宗都搬下来一次，大人，"高师爷愉快地笑着说道，"把箱子上一上蜡，文书晒一下，这样也可以防蛀！"

狄公心下暗忖，在这件事上，文案保管得如此整洁倒是个遗憾。若是架子上部的文档尘封已久，新摸的手印倒能说明宋依文翻阅过哪些文书。

"那个被害的书生以前就在这张桌子上翻文案的，是吗？"

"是的，大人。放在下面架子上的是宋相公研究的农民暴动史料。大人，他是个绝顶聪明的年轻人，兴趣广泛，还喜欢研究政务上的问题。我进屋来，经常看到他在翻阅近年的文案。他真是个认真的读书人，从来也不跟我闲聊。噢，文案都搬下来了，大人。"

"谢谢。高师爷，你有事就请去忙吧，我如果需要找某一份文书，会找这位书吏帮忙的。"

高放告辞离开，狄公在桌子边坐下来，打开了第一份卷宗。那个老书吏又坐回到桌子一头去翻他原先在看的文书。不一会儿，狄公便沉浸在各种刑事案件中。有一二起案子引出一些有趣的问题，只是没有误判的迹象，宋姓也只出现过一次，是一起不大的诈骗案中的被告。一位年轻的书吏送来新泡的茶，狄公听说已近正午时分，不觉吃了一惊，那书吏还告诉他，罗县令仍在府邸的第四进院里陪着客人。看起来要在那里开午饭了。

狄公吁了口气，决定把有关莫大凌谋反的那箱文案翻出来看看。一个被判了谋逆罪的人跟他的同谋一起被处死，这里面有人被误判也不是不可能的事。

狄公一打开箱子，一丝满意的微笑便浮上嘴角。箱子里的文案没有按正确的序号摆放，而是草草塞成一团。在这个管理得井井有条的文案馆里，此现象表明他找对了路子。显然，宋依文翻过这箱文案，当发现有人进屋时，他匆匆把文案塞回箱子里。狄公把文案搬出来，小心翼翼地按序号摊在桌上。

第一份文书是皇九子案的概述，措辞谨慎地叙述了皇九子的失衡心态：极其多疑，常抑郁不乐，且妒忌好斗。因他大怒中差点儿杀死一名大臣，皇上于是把他放逐到金华的行宫，希望当地平静的生活有益他的身心健康。谁知皇子竟臆想种种冤屈，变得更焦虑不安。他身边一些溜须拍马的宦官不断地对他说，他是举国上下最受爱戴的皇子，加上他那野心勃勃、盛气凌人的皇妃唆使他造反，最后他异想天开地酝酿了一个篡位的反叛计划。当他想拉拢一些心怀不满的文武官员时，却泄漏了这个不甚缜密的阴谋。皇上派钦差大臣带了御林军赶到金华。军队包围了行宫，钦差大臣把皇九子夫妇召去问话。他对皇子说，皇上什么都知道了，但仍愿意饶恕他，只要他命令他的卫队放下武器，并且和皇妃立即返回京城。但皇九子却抽出佩剑，当场杀死了皇妃，然后自刎。御林军冲进宫里，把里面的人全都抓了起来，钦差大臣还没收了所有的文书。此事发生在十八年前的二月四日。

就在同一天，钦差大臣展开了全面的调查，所有知晓内情的大臣和皇子的其他同谋都被就地处死。皇上虽念及皇九子心性乖戾愿意饶恕他，但是对其他同谋者却绝不宽待。接下来的日子，极为疯狂，发生了许多诬告案，居心不良者利用这一时机排除异己。这在大动乱后是司空见惯的。幸而钦差大臣明察秋毫，对这些案子进行认真甄别。绝大部分都是匿名指控，其中有一封未署名的长信，声称隐退在家的大将莫大凌曾参与反叛阴谋，还说他与皇九子之间的来往信笺藏匿在家中女眷住的院中某处。于是钦差大臣派人搜查莫将军的府邸，果然在信中所说之处搜到了信笺，莫将军便以谋反罪被逮捕。可将军否认所有的指控，他坚持说那些信笺是伪造的，而且是由某些宿敌故意放置在那里的。钦差大臣知道，莫将军觉得未得到应有的提拔，故而提前隐退，回老家金华后就一直心中郁闷。他昔日的同僚证明，他常与人谈起世道将变，有能力者都有机会得其所愿的话语。钦差大臣研读了那些信笺，认为信笺并非伪造。于是莫将军被定了罪，按照惩治谋逆条律，他与两个成年的儿子同时被处死，家产全部充公。

　　狄公往后靠在椅背上。这份材料太吸引人了，当时这个震惊全国的案子就是在这个衙门审判的，而今坐在这个地方阅读当时的卷宗，这种切身的感受在看其他文档时是不会有的。狄公挑出一份列着莫将军全府上下名单及充公的家产明细单的文书。突然，他倒抽了一口气。莫将军前后有三妻，外加两妾，第二位妾的姓氏是宋。宋氏没有被审讯过，因此没有关于她的详细资料。她在二月三日，也就是钦差大臣到达金华的前一天傍晚自缢身亡。她给莫将军留下个儿子，名叫依文，莫府遭难时，那孩子年仅五岁。一切都吻合！这就是狄公苦苦寻找的线索！他靠在椅子上，露出了满意的笑容。

　　然而狄公脸上的笑容蓦地僵住了。宋依文是来为父报仇的，这就说明他已经有证据证明莫将军是无辜的，而且他还怀疑匿名信的作者有意栽赃，所以他认为写信的人是杀害他父亲的凶手。而如今这个不知名的人杀死了宋依文，这一事实无可辩驳地证实了宋依文的判断是正确的。老天啊，十八年前的误判骇人听闻！

　　狄公又拿起此案证人记录的卷宗。他慢慢地捋着胡子读完了全部内容。这里面只有一点是对莫将军有利的，那就是皇九子的其他同谋都不知道莫大凌也被皇九子成功策反。可是钦差大臣对这一点并不予考虑，他认为皇九子多疑，即使自己的同谋也不信任。于是在判案时就以莫府搜出来的信件为依据，那些信件全是皇九子的笔迹，信笺也是皇九子的私人便笺，还盖有他的印章。

　　狄公摇摇头，挑出那封匿名信来看。这里收藏的是抄件，所有的原始文书和证据都送到京城去了。抄件的字体平平，并无特色，可是那完美无瑕的文体表明，原信必定出自一位学识渊博的文人之手。在页边空白处抄有钦差大臣的批语："此函或朝中某大臣所为，其人于莫心怀不满。速核内中情形并查笔迹。"从下一份文书上狄公得知，尽管钦差大臣派人四下探寻，信的作者还是不得而知。官方还曾发布告示，重金赏赐告发者，可仍一无结果。

　　狄公慢慢地摸着长胡须，脑子里思考着这个案子。伪造皇九子的书信是不可能的，那上面还有印章为证，而印章是皇九子始终带在身边的。再说，判案的钦差大臣素以正直出名，查案最为细致周到，曾明智地判过许多牵涉高官显贵的疑难案件。狄公记得自己的父亲、已故的宰相曾经谈起过这些事情，并对钦差大人的才智赞赏有加。这么说，既然他认为莫将军有罪，那肯定是有十分把握的。狄公站起身来，开始在屋里踱步。

宋依文会得到什么新的证据呢？十八年前事情发生时，他仅仅五岁，所以对这桩案子，他不是听别人说就是从文书中看来的。怎样才能得知宋依文发现了哪些情况？宋书生已被杀害，杀人凶手又窃取了宋依文藏在住处的文书，看来宋氏母亲的娘家似乎是调查取证的第一选择。他跟那老书吏打了招呼后问道：

"这地方有许多姓宋的人家吗？"

老头使劲地点点头。

"是很多，大人。有穷有富，沾亲带故的，非亲非故的都有。古时候，这个地方就叫作宋国。"

"给我把那个狗年的税簿找出来，我只要跟宋姓有关的那部分。"

那老头把税簿摊在桌子上，狄公只查阅了收入最低的宋氏纳税户。因为宋依文的母亲仅是个二房小妾，她的父亲肯定是个佃农、小店主或者手艺人什么的。这一栏里只有六七个名字，第三个是宋文塔，开蔬菜铺的，有一妻两女；大女儿嫁给一个姓黄的陶瓷商，小女儿卖给莫将军为妾。狄公用食指点着第三个名字说道：

"请查一下今年的人口登记，看看宋先生是否还在世。"

老书吏走到边墙的架子前，很快就捧着一大抱卷宗拖着脚步回来了。他打开几个卷宗，盯着密密麻麻的名字，嘴里小声念叨着："宋文塔……宋文塔……"最后，他抬起眼睛摇摇头。"大人，他们夫妇肯定已死，且无男性继承人，因为这里没有宋家的人名了。您想知道他们死于哪一年吗？"

"不，没有必要，给我看看陶瓷帮会的成员登记！"狄公站起身来，这是最后的机会了。

老书吏打开一个标着"小行会"标记的箱子，挑出一个薄薄的小册递给狄公。狄公在翻看小册的时候，老书吏便把人口卷宗收拢起来。不错，是有一个姓黄的陶瓷商，娶了宋姓女子为妻。在这一行的页边有一个小圈，表示黄氏未交清会费。他住在东门附近的一个巷子里。狄公记住了地址，然后把那个小册往桌子上一扔，露出满意的微笑。

接下来，狄公把莫家的档案仔细查阅一遍，证实了莫将军被处死后，莫家便四下散落。宋依文，那个自缢身亡的二妾之子，由京城里一个远房舅父收养。狄公将那封控告莫将军的匿名信从文案中拆下揣进袖子。他谢过老书吏，并说会把所有文书还给他，然后便走出文案馆朝罗府走去。

接近第四进院子时，狄公听到一阵孩童的嬉笑声。院子里喜气洋洋，二十多个小孩都穿着色彩鲜艳的服装，在一人高的月坛周围打闹。月坛搭在院子中央，最上面是面团做的长耳朵白兔，站在一摞月饼上。下面是放着各色鲜果和糕点的碗碟，两边则放着高高的红烛和铜香炉，待天色黑下来时都要点上的。

狄公穿过院子，走到宽敞的大理石柱廊前，那里站着一小群人：御前侍读张兰波和如意法师挨着大理石栏柱，罗县令、邵学士和玉兰站在他们身后。旁边有个不高的台子，放着一张宽大的紫檀木椅子，一位穿黑袍的瘦弱老妇人坐在上面，雪白的头发挽

忙碌一个上午，狄公终于找到他想要的卷宗（高罗佩 绘）

在脑后，满是皱纹的手里扶着一根檀木手杖，把手上还镶着青玉。椅子后面站着一位高个子中年妇女，模样端庄挺拔，穿一件紧身绿锦缎袍。显然，她是罗县令的大太太。这一小群人身后的大厅内有二十来位妇女的身影在晃动，她们是罗县令的其他妻妾和丫鬟。

狄公目不斜视，径自走到紫檀木椅子前，深深作了个揖。老妇人锐利的目光打量着狄公，一旁的罗县令弯腰恭敬地小声对她说：

"娘，这位是我的同僚，浦阳县令狄仁杰。"

老妇人点头，对狄公说了几句表示欢迎的话，声音虽不高，却惊人地清晰。狄公礼貌地询问了老妇人的年龄，得知她已七十二岁。

"狄县令，我有十七个孙儿孙女！"她自豪地宣称。

"家和子孙旺，老夫人！"邵学士高声说道。老妇人高兴地笑着，连连点头。狄公这才与邵学士打了招呼，然后又向张兰波和如意法师致意，最后问了玉兰是否安好。玉兰说罗县令的大太太对她照顾周到，她感觉不错。可是狄公觉得她的脸色显得憔悴苍白。他把罗县令拉到一旁，小声对他说：

"那姓宋的书生是莫将军一个姓宋的小妾所生之子。他来这里是为了证明他父亲是被误判的，正如他对红花说的那样。他并没有用假姓名，因为当年离开此地时仅仅五岁。还有个姨母健在。罗兄，不要灰心！尽管小凤确实有可能是玉兰杀的，但是你要是能同时提出你发现莫大凌是被误判的，你就很有把握化险为夷！"

"哎呀，狄兄，这真是太好了！等一会吃饭的时候再跟我说说。饭就摆在那里，凉棚下！"

他指指柱廊后面的露天过道。两根柱子之间摆着桌子，上面摆满冷盘，中间还有堆成塔形的月饼。

"罗兄，我这就要走。我必须先到城里走访一趟，然后还要去黑狐祠，不过我会尽量在傍晚的聚会前赶回来。"

当他们又回到那一群人中间后，老夫人说她想回房歇着去了。邵学士与众人都行礼，罗县令与大太太送她进屋里去。狄公告诉邵学士，浦阳派人送来了紧急公文，他不能去凉棚用餐了。

"公务为重。狄县令，你快去吧！"

十五

　　狄公先到了自己住的小院，他要好好准备一下。一个人以反叛罪被处死后，他的亲戚，哪怕关系十分疏远，也极为惧怕见官。即使过了许多年，有时也会有新的证据使他们陷入危险之境。狄公从文房四宝盒中取了一张小红纸条，写上"宋良"两个大字，在右边添上"牙人"字样，在左边写上了一个捏造出来的广州地址。他换上一身简朴的蓝布袍子，头戴黑色小方帽，从衙署的边门走了出去。

　　街角上有一乘待雇的小轿。狄公对轿夫说要去黄记陶器铺，轿夫们嫌路太远，又说那地方十分破败，路不好走。可是狄公爽快地答应了他们开的价，又预付了一笔可观的赏钱后，他们高兴地抬着小轿上路了。

看到大街上买卖兴隆的商店，狄公想起姓黄的掌柜还欠着行会的会费，这说明他实在是穷困潦倒了。狄公命轿夫停下，然后去买了一匹上好的蓝布，两只熏鸭和一盒月饼，收拾好这些东西后，又重新上路。

过市场后，小轿又经过一个居民区，狄公认出那是孟员外住的地方，接着又进入了贫民区，那里的街道弯弯曲曲，臭烘烘的，铺着大大小小的卵石。垃圾堆里光着上身的孩子正在玩耍，看到轿子过来都停下来瞪大眼睛张望，因为在那种地方是不常见得到轿子的。狄公不愿招惹许多人看到他的走访，便叫轿夫在一家小茶馆门口停下。他让一名轿夫在那儿等着，另一名扛着布匹和熏鸭等物跟他步行。不一会儿，他们便走进兔窝般的弯曲小巷里，那轿夫只得用当地方言打听要找的人，狄公庆幸自己带了个人同行。

黄记陶器铺实际上是个露天的摊位，一块打过补丁的帆布篷遮从后面土墙小屋的屋顶上搭下来。篷下面的大台板上摆满了碗和盘子，台板上方悬着的杆子上挂着一排廉价的陶制茶壶。临时搭起的柜台后站着一个宽肩膀的男子，衣着破旧，正在费劲地把十几个铜钱穿到绳子上去。狄公把红纸条放在柜台上，那男子摇摇头。"我只认得宋字，"他的嗓音又粗又哑，"你有什么事？"

"这名刺上写着我叫宋良，是广州的牙人。"狄公解释给他听，"我是你夫人的远房兄弟，进京路过此地，顺道来看望你们。"

黄掌柜黑黝黝的脸上放出了光彩。他转身对坐在墙边长凳上做针线活的女人喊道："老婆，总算你还有个亲戚没忘掉你！广州的宋良弟来了！请进屋吧，老弟，路上辛苦了！"

那女人马上站起来。狄公命那轿夫把礼物递给她，然后到街对面的货摊处等候。

黄掌柜把狄公引进小屋，这是一间吃、住、烧饭全在里面的屋子。黄掌柜忙不迭地用抹布擦拭油腻腻的桌子，狄公在一张竹凳上坐下，对那女人说道：

"姊姊，三叔从京城写信给我，说你的父母都已去世，他给了我你的地址。今日路过此地，又恰逢中秋，我想该来看看你，并带些节礼。"

那女人已经打开包裹，正瞪大眼睛瞅着那匹布。狄公看她年龄四十左右，相貌端正，只是脸很瘦，而且已有深深的皱纹。黄掌柜惊呼起来：

"贤弟真是出手大方！我的老天，这布多漂亮呀！我如何能回报这……"

"这简单！请一位孤单的赶路人同自个的亲戚吃顿中秋团圆饭！我带来了一点小意思。"他揭开提篮的盖子，又把那一盒月饼递给黄掌柜。黄掌柜的眼睛直盯着篮子。

"两只整鸭！老婆，好好切一下！从店里拿一只新碗和几只杯子！我留了一小壶酒今天用的，可我从没梦到过还有下酒的肉食！还是价钱很贵的熏鸭！"

他给狄公倒了一杯茶，然后礼节性地询问了宋良在广州的家人，买卖做得如何，一路上是否顺利等等。狄公的答话编得天衣无缝，并说当天下午还要赶路。最后他说："咱们现在吃一只鸭子，另一只留着晚上吃。”

黄掌柜举起手。

“天有不测风云，人有旦夕祸福，贤弟，”他一本正经地说道，“咱们现在就来吃它个饱！”他的妻子一直在听他们谈话，操劳过度的脸上挂着喜悦的笑容。黄掌柜转而对妻子说：“老婆，我保证从今往后再也不说你娘家一句坏话！”她羞涩地瞅了一眼狄公，说道：

“那年出事之后，谁也不敢上门来看我们了。”

“莫将军的事南方都议论纷纷，”狄公说道，“二姊在出事前就自尽实在令人伤心，不过从咱们家的长远计较来说，也是上策。她那样做把咱们都解脱了。”黄氏夫妇一个劲地点头，狄公问道：“依文怎样了？”

黄掌柜不屑地哼了一声。“依文？几年前听说他成了有学问的人。势利小人，哪里还记得这个姨母！”

“大姊，二姊为什么要自尽呢？莫将军家对她不好吗？”

“不是，”那女人慢慢答道，“他们待她很好，尤其是她生了依文以后。那是个健壮漂亮的男孩，可是我妹妹……”

“她是该死的……”黄掌柜刚开口。他的妻子就打断了他：“别嚼舌头！”她对狄公说：“她确实把握不住。也许是我父亲不好，毕竟……”她叹了口气，倒了些酒出来。“一直到十五岁，她都是个文静听话的女孩，特别喜欢动物。有一天，她捡了一只小狐狸回来，父亲一见就吓得要命，因为那是只黑的雌狐狸。他马上把狐狸杀了，我妹妹就大发脾气，从此以后就变了个人。”

黄掌柜紧张地看了狄公一眼。"那只淫狐精附上她了。"

他的妻子点点头。"父亲请了个道士，念了许多经，可还是没有驱掉狐精。等她十六岁的时候，只要看到年轻的男人就挤眉弄眼的。由于她长得俊俏，母亲只得从早到晚对她严加看守。后来有个在大户人家卖梳子脂粉的老婆子对父亲说，莫将军的大太太正在给老爷物色小妾。父亲很高兴，妹妹被带去见了大太太，竟被相中了，这件事就定了下来。事情办得很顺利，她在那里干活，大太太逢年过节都给她新衣服，生了依文以后再也没挨过打。"

"那贱人自作自受！"黄掌柜喃喃地嘟囔着，把杯中的酒一饮而尽。他的妻子撩开前额上的一绺灰白头发。

"有一天，我在市场遇到大太太的丫鬟，她说我有个不忘娘家的妹妹真是运气好，说她每隔六七天就回家看父母。我这才知道大事不妙，因为我妹妹大半年都没回过娘家了。后来她倒是真的回来了。她怀着孩子，不是莫将军的。我带她去找接生婆，喝了各种各样的药都不顶用。后来她生了个女孩，对将军说小产了，然后把那孩子扔在街上。"

"她就是那么个人！"黄掌柜愤怒地喊道，"一个没心肝的雌狐狸！"

"她这样也是出于无奈，也很伤心！"他的妻子反驳道，"她怕孩子受凉，用番红花染的黄毡子把孩子包上。那种毡很贵的，佛教徒用来……"她看见狄公惊诧的神色，赶忙说："真对不起，小弟，到底不是什么高兴的事！都过去那么多年了，我还……"她开始哭泣。

黄掌柜拍拍她的肩膀，"算了，今天过节，别哭了！"他对狄公说："你看，我们自己没有子女，说起这事，她总要掉泪！唉，长话短说，莫将军发现了。听他的一个轿夫说，老头大叫大嚷，说要把她和那男人拖到大堂上，用自己的剑砍掉他们的头！她上吊了，将军没能砍掉她情夫的头，因为第二天圣上的兵就到了，他们砍掉了他的头！这世道真怪！咱们再喝一杯。来，你也喝一杯，老婆！"

"她的相好是谁？"狄公问道。

"她从来没跟我说过，"那女人擦了擦眼泪，"只告诉过我，那是个很有学问的贵人，可以进出将军府的。"

"真庆幸我选对了人！"黄掌柜高声说道，他的脸色开始泛红，"我的老婆很勤快，收些针线活做，这样能勉强糊口！不过男人的事她一点也不懂。听着！要我停付行业会费！我说不行，把棉衣卖了换钱！一个人要是没有归属，他简直就是一条无家可归的狗！我也没说错，贤弟，你那匹布够我们体体面面穿上几年！柜台后站个衣帽端正的人，生意也好做！"

狄公吃完了米饭，对那女人说：

"大姊，明天拿着我的名刺到衙署的后门去。我跟那里的管家有生意来往，他会帮你在那里找针线活做。"说完，他站起身来。

黄氏夫妇一再挽留，可他说要去赶渡船过河。轿夫把他引到小茶馆门口，小轿就等在那里。他坐在轿里回到大街上，思绪如同一团乱麻。在街角，他付了轿夫的钱，然后步行回衙。从边门进去时，他听看门人说罗县令在正楼一层的小厅里。显然，书房的诗会尚未开始。狄公快步朝自己的小院走去。

他从抽屉里取出玉兰的卷宗，站在桌子边上从卷宗里翻出那封匿名信的抄件，信的内容是向县令告发，白鹭观的桃树下埋着死尸。然后他从衣袖里抽出控告莫将军的那封匿名信抄件，把它与前一封信摊在一起。他慢条斯理地捋着黑胡须，把两封信加以比较。两封信的抄件都是文案馆书吏的笔迹，可是文章的风格却能显示是否出于同一人之手。狄公疑惑地摇摇头，把两封信都揣进袖子，朝主院走去。

罗县令坐在一张散放着纸张的茶几边上，�’着嘴，手里捏着一支毛笔。他抬头一看，急切地说：

"狄兄，我在挑选和修改自己的近作。你看邵学士会赞同这首叙事诗的宽对韵吗？"他刚想把正在修改的诗篇背给狄公听，狄公赶忙阻止他：

"下次再说吧，罗兄！我发现一件离奇的事要告知你。"狄公面对罗县令坐下，"我说得简单些，因为你马上要去书房。快到申时正了。"

"噢，不不，老兄，时间很充裕！在院子凉棚里的午餐拖了很长的时间！张兰波和玉兰都作了几首诗，大伙儿又议论一番，喝了不少酒！饭后四位客人都到房里睡午觉了，一个也没见起来呢。"

"那好！这么说，他们谁也没出门，你也不必派人跟踪他们了。告诉你，宋书生的母亲就是莫大凌将军的小妾。后来她与一个不知名的人通奸，他们的私生女被扔掉了。那孩子就是红花，看守黑狐祠的姑娘。"

狄公看着罗县令一脸的惊异之色，抬抬手又说下去："那孩子是用一块番红花染的黄毛毡包着的，捡来的孩子往往就看当时身上穿什么就起什么名。这就是说，红花是宋依文同母异父的妹妹，所以宋依文对红花说，他不能娶她。这也说明红花的父亲和杀害宋依文的凶手是同一个人。莫将军被抓起来之前曾对他的小妾宋氏说过，他已经发现宋氏与他一个朋友的奸情，还说要亲手杀了他们两人。宋氏听后旋即自缢，第二天莫将军就出事了，没能干掉宋氏的情夫。"

"老天！你在哪儿发现这么多情况，狄兄？"

"主要在你的文案馆里。宋依文显然认为他母亲的情人写匿名信诬告莫将军反叛罪，这样便可阻止将军控告他是奸夫。在前一点上，宋相公错了。我查过文案，相信莫将军是有罪的，而且宋氏的奸夫也参与了阴谋。在第二点上，宋依文的看法完全正确。那奸夫确实写了那封匿名信，因为他知道钦差大臣可能要花相当长的时间才能查到莫将军头上，而他要莫将军在一开始调查叛逆案时便被抓起来，这样就无法对自己采取行动了。"

罗县令举起手。

"且慢，狄兄！如果莫将军确实犯了谋逆大罪，为什么告发者还要杀掉宋依文？那家伙揭发了一个叛贼，功不可没啊！"

"罗兄，那个人一定身居高位，所以无法担当通奸的罪名。还有，他一定也是莫将军叛逆团伙的，不然他不会知道皇九子写的那些信藏在何处。这也是尽管那时官方颁赏告发者，他不站出来的原因。"

"我的天！那家伙是谁，狄兄？"

"我看必定在你的三位客人之中，邵学士、张兰波和如意法师。别，别说不敢苟同！我有无可辩驳的证据表明必是这三人中的一个。我让红花告诉我们是谁。尽管她父亲去看她时总是遮着脸，我相信她能从声音和身材认出她父亲。"

"狄兄，你说如意法师总不会是真的吧！哪个女人会找这么个丑男人当情夫呢？"

"罗兄，这个我倒说不准。宋书生的母亲脾气乖张，她娘家的人说，是一只淫荡的黑雌狐狸附于其身。不管怎么说，一个脾气乖张又失意落魄的女人，是很有可能被法师那种特有的丑陋长相所吸引。须知，她进莫府时还不满十七岁，莫将军却已年近花甲。再说，如意法师生性刚强专横，很多女人都容易对这种男人动情。待会儿在诗会上，你可想法子问问张兰波和如意法师，当年莫将军受审时他们在不在金华。我们知道，那时候邵学士在这地方当刺史。能把你的管家叫来吗？"

罗县令击掌唤来书童，吩咐他去找管家。狄公继续说道：

"罗兄，我还想请你查一下，今春玉兰在白鹭观出事时，咱们这三位客人有人在湖滨地区吗？"

"你为什么要问这个，狄兄？"罗县令觉得很意外。

"因为在审理玉兰一案时，官方的依据也是一封由一个有学问的人写的匿名信。罪犯总是爱用同一种手法。在莫将军叛逆案中，指控信虽然无误，可是在控告莫将军的同时，匿名信作者达到了一个不可告人的目的，就是阻止莫将军对他的奸情采取行动。如今，十八年过去了，那个大文人也许还会用匿名信的手法来揭发另一桩案情，也就是玉兰的这个婢女凶杀案，也是为了某种不可告人的目的。因此……"看到管家进门，狄公止住了。

狄公取过罗县令的笔，在一张纸上写下了陶器商黄掌柜的姓名地址，又加上宋良这个名字。他把纸条递给管家，对他说："一个姓宋的女人明天上午会拿着宋良的名刺到府上后门。罗大人要你在府上给她找些女红做。她来时你留她聊一会，我们也许要见见她。好了，去把高师爷找来。"

管家深深地作了个揖走出去后，罗县令不满地问道：

"你说什么宋良！他是什么人？"

"实际上就是我，"他简要地向罗县令介绍了走访黄掌柜的经过，最后说道，"他们夫妇都是本分人，没有子女。我心里盘算着给你提个建议，等红花的身体完全康复后，把她寄养在他们家里。现在我该去接她了，跟你的师爷一起去。"他从衣袖里取出那两封匿名信交给罗县令，接着说："这是两封匿名信的抄件。你是研究文风的专家，拿去好好读一下，看看有没有迹象表明两封信出自同一人之手。快！把信塞到袖子里去，高师爷来了！"

高放进门行过礼，罗县令对他说道：

"高放，你陪狄大人到南门附近的黑狐祠去走一趟。我决定把那块荒地清理出来，第一步就必须把那个看黑狐祠的傻姑娘挪出去。"

"高师爷，咱们坐衙署的大轿去，"狄公补充道，"医生和女管家坐轿跟在我们后面，我听说那个姑娘病得很重。"

高放躬身行礼。

"我马上就去准备。"然后又转向罗县令，"大人，邵学士的侍童在门外，他说邵大人正在等您。"

"天哪，我的诗！"罗县令惊呼道。

狄公帮着他把散在桌上的纸收起来整理好。他陪着罗县令到了第二进院子，然后独自往衙署走去。

高放已经在门楼下等候，一乘衙署的大轿也已备妥。

"大人，医生和女管家在轿中。"他告诉狄公。轿子经过门外的牌楼时，高放说道："大人，那块荒地可以改造成花园。在咱们城里留一块荒地给无赖恶棍聚集总不行吧，您说呢？"

"是啊。"

"今天上午您在文案馆找到您要的东西了吧，大人？"

"找到了。"

高放看出狄公并不想跟他聊天，便不作声了。可是经过寺庙街时，他忍不住又开口了：

"昨天上午，我到这条街尽头的庙里去拜访如意法师，大人。我费了好大的工夫才说服他接受罗大人的邀请，还是我说了您也到罗府做客后他才答应的。"

狄公直起身子。

"他说为什么了吗？"

"他提到您在破案方面的显赫名声，还说了些关于一个有趣的实验，跟狐狸有关的，要是在下没记错的话。"

"我知道了。你能猜得着他是指什么吗？"

"不知道，大人。法师是个古怪的人。他好像特别要强调自己是前一天晚上才到这里的，可是……哎呀，咱们为什么停在这里？"他往轿外看去。

轿夫的领班来到窗前向高放报告：

"大人，路上有一群人堵着路。稍等一下，我已经对他们说让路了。"

狄公听到人群的嚷嚷声。大轿走了没几步又停下了。一名都头来到轿窗前，利索地行了个礼，对高放说：

"对不起，大人，最好不要前去。那破庙里的狐狸精得了疯狗病，她……"

狄公一听赶忙把轿帘一掀，走了出来。六名持矛的民丁在大街上围成一个警戒圈，挡住了一群好奇的人。红花仰面躺在路边上，手脚都伸开着，僵硬的身子裹在破烂不堪、满是污渍的袍子里，显得格外瘦小。两名捕快用七八尺长的矛枪抵住她的脖子。再远些，其他的捕快正在一条空旷的大路中间点燃一堆火。

"最好不要靠近，大人，"都头提醒狄公道，"我们马上就要把尸体烧掉，这是必须的。不知道这种病是如何传染的。"

高师爷走了过来。"出了什么事，都头？"他厉声问道，"那女人死了吗？"

"是的，大人。一刻时前，在那个货摊站岗的民丁听到破庙前的灌木林里传出尖叫声，还有一种怪怪的狗吠声。他们心想是疯狗在咬人，赶快跑到岗亭拿了长矛到这里。我刚要走进那座大门，那狐狸精就跑出来了，边跑边尖叫。她的脸都变歪了，样子很可怕，嘴里还冒着白沫。她朝我们冲过来，一个民丁用长矛捣住她的脖子，把她搠倒在地。她伸手去抓长矛，在地上翻来翻去，又上去一个民丁才把她按住。后来她的手垂下来，死了。"都头把帽盔往后推了一下，擦擦汗涔涔的额头。"咱们县太爷真了不起，大人！他一定预料到会发生这种事！我是奉命派人在那个摊子处站岗，留心那座大门的动静，所以我们才能在那狐狸精还没有伤害过路人时就到现场。"

"咱们县太爷真是神机妙算！"一个民丁笑着说道。

医生已经下了轿，狄公向他点头示意。

"这个女人有狂犬病，"他对医生说，"你同意把尸体烧掉吗？"

"那当然，大人。连同捅她的长矛，还有她钻过的那片灌木林最好也一起烧掉。那种病很厉害的，大人。"

"你留在这里，把事情全都处理妥帖，"狄公吩咐高放。"我要先回衙署去。"

十六

　　罗府大院里，一群丫鬟正围着三乘大轿忙忙碌碌。有的在套轿内靠垫的套子，有的在往茶篮里装茶壶，往盒子里装各种糕点。她们的欢声笑语搅得狄公心神不安。他朝管家走去。老头儿正在跟二十多个轿夫的领班讲话。轿夫们蹲在墙边，一律穿着棕色上衣，系着宽宽的红腰带。管家告诉狄公，诗会已经结束，客人们都回房更衣去了，罗县令也在更衣。

　　狄公回到自己住的小院。他把扶手椅拉到敞开的房门口，疲惫地坐下来。他的左手托着右肘，右手握拳支着下巴，闷闷不乐地看着园里的石山。淡淡的夕阳照着静谧的园子，头顶上掠过一阵长长的鸟鸣，狄公抬头观望，只见一群大雁悠悠地拍打着翅膀从蓝天上飞过。一派秋天的景象。

最后，他起身走到屋里，无精打采地换上前一天下午穿过的深紫色袍子。正当他把黑色纱帽往头上戴的时候，他听到前院里传来靴子的碰撞声，这说明民丁到了，大队人马马上就要出发。

狄公在穿过大院的时候，如意法师跟了上来。他身穿褪了色的蓝长衫，粗粗的腰间系了根草绳，光脚着草鞋。他的肩上扛着一根弯曲的棍子，棍子上挂着一捆衣服。罗县令、邵学士和张兰波身着艳丽的锦缎袍子，站在大厅前的大理石柱廊下。狄公和如意法师向他们走去时，法师用粗嗓门道：

"各位不必担心贫僧的服装！到山上的庙里贫僧会换衣服的。这个包裹里有我最好的袍子。"

"你穿什么都好看，法师！"邵学士殷勤地说道，"兰波，我与你同坐一轿。咱们必须甩开在诗文上的分歧。"

"你们走吧！"法师道，"我步行去。"

"不行的，法师！"罗县令不赞成，"山路很陡，再说……"

"贫僧熟悉这路，比这陡的山也爬过，"法师高声说道。"贫僧喜欢这山上的景色，也练练筋骨嘛。贫僧来就是告诉你们，不必为贫僧安排车轿。"说完，他扛着弯棍子，迈开大步走了。

"这样的话，我希望你跟我坐一顶轿，狄兄。"罗县令说道，"玉兰坐第三顶轿，我大太太的贴身老妈子伺候她。"他转而对邵学士说："请您坐第一乘轿好吗，大人？"

罗县令和邵学士、张兰波走下柱廊，三十个民丁举起手中的戟。罗县令和狄公刚要上轿，忽地瞥见玉兰出现在柱廊下。姣好的身段，着一身白绸薄袍，袍子下摆微微展开，上身是一件长袖的蓝锦缎小褂，带有银白的花案。一头青丝梳成一个盘花的发髻，高高的盘在头顶上，发髻上插着银簪，两端垂着金丝坠饰，上面镶着的宝石熠熠发光。她的身后跟着一个上了岁数的女仆，身着简朴的蓝衫。

罗县令在轿椅的靠垫上靠妥后不悦地问道："狄兄，看见玉兰的衣袍和发饰了吗？那都是问我大太太借的！唉，诗会没开多久。邵学士和张兰波好像都不肯开诚布公评论我的诗，如意法师甚至毫不掩饰他的厌烦！真是个不讨人喜欢的家伙！我得说，玉兰的评论倒恰如其分。那女人的诗才极高。"他翘起了胡须。"狄兄，关于他们在莫将军出事时在什么地方，我是得来全不费工夫。我一提起这个案子，邵学士马上就发表了长篇宏论，说钦差大臣召他去商量当时金华的局势。至于张兰波嘛，当时也在这里，他的任务是安抚愤愤不平的佃农们。莫家的土地占此地可耕地的一半左右。张兰波还旁听了衙门的堂审，为的是观察人心险恶，至少他是那么说的。如意法师那时住在此地一座古老的寺院里传讲佛经。还没有机会问他们两个月前玉兰出事时，他们在不在湖滨地区。狄兄，你把黑狐祠的那姑娘带到哪里去了？"

"她死了，罗兄，是狂犬病。肯定是从狐狸那儿传来的。你知道的，她总是摸着抱着那些东西，甚至还让它们舔她的脸。这样……"

"哎呀，这下糟了，狄兄！"

"糟透了，咱们没人可以……"外面传来敲锣声，狄公没有往下说。

轿子从罗府抬到衙署，这会儿已经到了衙门的正门口。十二名衙役在队列前站住，其中四人敲起了铜锣，其余的举着红漆金字的牌子，上面写着"金华县衙""回避"的字样。队列里的其他人都提着相同字样的灯笼，等到晚上回城时，灯笼都要点亮的。

沉重的包着铁皮的大门打开了，队列出门到了大街上。走在最前面的是衙役，后面跟着三乘大轿，两边各有十个民丁护卫，最后是十个全副武装的民丁压阵。街上穿着节日盛装的人群忙不迭地给这队人马让路，还不时听到有"县太爷安康"的喊声。狄公再次满意地看到罗县令在金华受拥戴的情景。队列经过商业街，转入较为僻静的地方后，狄公继续道：

"我原指望红花把咱们的目标认出来。她的死是个重大损失，罗兄。我现在一丝证据也没有。不过，我有证据表明肯定是你的三位客人之一。其中一定有一个人是红花的父亲，就是此人杀害了红花的异父兄长宋书生，那是我到红花的姨家去之后回来说过的。现在我还可以对你说，杀掉舞女小凤的还是那同一个人。"

"我的天！"罗县令喊道，"那就是说，我……"

狄公举起手。

"可惜的是，咱们无法确定是三人中的哪一个，所以我的发现对你就没多大帮助。我来把事情理一理。昨天杀害小凤的案子为我们提供了一个切入点。接下来是前天宋书生的案子，这要把十八年前莫将军一案的背景考虑在内。最后咱们一起来对付白鹭观的案子。这样一来，咱们就能按照正确的时间顺序来分析所有的事情了。"

"好吧，先说小凤的案子。关键点是小凤在红花的父亲去看望女儿返回的路上撞见过他。当时也算不得什么事，因为小凤以前从未见过这个人。昨天下午，小凤要看一下她晚上准备表演的大厅，玉兰喜欢小凤，便把她带到你的府中。她曾对玉兰说她准备表演最拿手的《凤舞紫霞》。接着是见到了你的三位客人。罗兄，就是那一小会的见面使她突然改变了主意。她熟悉《凤舞紫霞》，每次演出总能征服观众，可是她放弃了，换上了《黑狐曲》，一个她从未在观众面前表演过的节目，而且连一个像样的乐谱都没有！"

"我懂了！"罗县令喊道，"那姑娘认出了她在荒地上撞见的那个人！"

"对极了！她认出了那个人，可是那个人毫无认她的意思。她想唤起那人的记忆，来个黑狐舞就能提醒他！按惯例，跳完舞她会坐下来陪每一位客人喝上一杯，那时她就要对那个人说，她知道他是红花的父亲，还会提出一些要求。由于那姑娘雄心勃勃，一心扑在舞艺上，我猜想如果是邵学士或张兰波，她会要求他们把她介绍给京城里的达官贵人圈子，很可能还会提出一笔颇为可观的月钱。要是她认出来的是如意法师，那她就会缠着他当她的保护人，譬如说认她当干女儿等等，以法师的名声来支撑她的艺术生涯。彻头彻尾的敲诈。"

狄公捋着胡须，叹了口气接着说道：

"她是个聪明人，可是低估了自己的对手。那个人一认出她，就开始盘算如何除掉她。你对客人宣布她准备表演黑狐舞，无疑给了那个人明显的信号，就是她已经认出那个在荒地上遇到的黑狐祠访客，而且她是当真的。这就使那个人下决心一有机会便杀掉她。烟花的间歇是个好机会，他抓住了这个机会。就是我昨晚讲给你听的那种情景。根据这样的推理，我认为我有确凿的证据说明凶手就是你的三位客人之一。"

"这事与玉兰无关，我太高兴了！"罗县令欢呼起来，"不错，咱们现在还无法确定究竟是三人中的哪一个干的，但是你挽救了我的前程，老兄！现在我可以心安理得地呈报小凤的凶杀案了，这完全是一桩地方案子，与玉兰没有关系！我如何能报答得了你的恩情，我……"

罗县令的话被一阵口令声和武器碰撞声给打断了。这一行人马正经过西门。狄公很快开口道：

"接下来说宋书生一案。他父亲受审时他才五岁，很快就被一个舅父带到京城去了。咱们只能猜测他是什么时候和如何得到有关资料，从而确信他父亲是冤枉的。我估计他是知道母亲私情的，一定是在他长大成人后由他的舅父或其他亲戚口中得知的，因为他的姨母说宋依文从未到金华来看过她。他似乎发现红花与他母亲的私情有关，这就是他到此与他的异父妹妹联系的原因。同时，他在你的文案馆里查阅有关他父亲一案的详细资料。红花没有告诉他，自己还有个父亲时常来看望她，但是她肯定跟她父亲说过宋依文的事，譬如说告诉他宋书生的名字，说他来金华是要报杀父之仇，说他住在茶铺老板孟员外家中等等。于是那凶手便潜入孟府，杀掉了宋依文。"

罗县令听了连连点头。

"然后他在宋书生的住处四下搜寻，唯恐有什么会暴露他身份的文字。也许发现了莫将军的信，或者他母亲的信。当时朝廷没收了莫家所有的财产，不过家属可以留下几件衣服。多年之后，宋依文也许发现了缝在衣服边缝中的密件，或者别的天知道什么东西！"

"那个，罗兄，只有等我们找出凶手，收集到充分的证据审问他时才能得知。可是眼下我看还是一筹莫展！在琢磨那个问题之前，我还是先要与你讨论一下第三点，玉兰的悬案，也就是指控她在白鹭观打死婢女之事。告诉我，我给你的两封匿名信研究得怎样了？"

"没什么结果，狄兄，两封信都是有学问的人写的。你知道咱们现今文体的规矩有多严，对人之生活、想法、行为诸方面想象得到的事情和偶然出现之情况，皆有固定的表达方式，文人学者都会恰到好处地使用正确的词语。如果这些信是读过什么书的人写的，那当然就不一样了，也就可以轻而易举地挑出相似的文风，或者类似的错误。事实上，我只能说有些小词的用法雷同，也许表明两封信出自一人之手。很抱歉，狄兄！"

"我要是能看到信的原件就好了！"狄公叹道，"我对笔迹做过仔细研究，要是看到信，我肯定能分得出来！不过那就需要到京城走一趟。我还不知道京都的衙门是否允许我查阅信件！"他烦恼地拽着胡须。

"狄兄，你为何非要看信不可呢？凭你的眼力，老兄，一定有其他办法可以判断三人中谁是凶手！唉，那个家伙想必是扮演着双重角色，你从他们的谈吐中总能逮到一些什么，或者从他们的……"

狄公断然摇头否认："绝对不可能，罗兄！咱们面临的最大问题是，这三个人都非等闲之辈，他们的举止和反应是无法用普通的标准来衡量的。罗兄，咱们不能否认，即使撇开在朝廷内外的名声和地位，他们三人的学识、才干和经验都在我俩之上！直接讯问，对你我来说都是惹祸上身。用咱们这一行惯用的手段套取他们的话也是行不通的。他们都是学富五车，才高八斗，处变不惊，老于世故的。就说邵学士吧，他干断案这一行的时间比咱俩都长！要想诈他们，或者把他们吓出个只言片语来，都是徒劳的！"

罗县令摇摇头，不悦地说道：

"实话对你说，狄兄，我至今仍无法接受你说的这三个大文豪中一个是杀人嫌犯之事。这样身份的人竟会如此残忍，你如何解释得清呢？"

狄公不以为然地耸耸肩。

"咱们只能做大致的猜想。譬如说，我估计邵学士由于阅历过多而烦恼，日复一日死水一潭的生活令他厌倦，因此想寻求耸人听闻的刺激。张兰波呢，正相反，他显然认为自己从未有过第一手的感觉，因此诗写不好。失意落魄的心境往往会酿成最意想不到的行为。再说如意法师，你告诉过我，在他皈依新教派之前，曾残酷地压榨他那个寺院的佃农们。如今他是超脱善与恶之上的，可这态度是很危险的。我只是想到什么就说什么，罗兄，事实要比我说的复杂得多！"

罗县令点点头。他打开一个提篮，掏出一把糕点，放进嘴里大嚼起来。狄公想从座位底下取出茶壶为自己倒上一杯茶，可是轿子突然急剧往后斜去。他拉开轿帘，只见轿子正在往一条陡峭的山路上去，路两旁皆是高高的松树。罗县令用帕子轻轻擦擦手，接着说道：

"常规调查也是徒劳，狄兄。至少对邵学士和张兰波来说是如此。他俩都说前天晚上——也就是宋依文出事的那天，他们很早就睡下了。须知，他们下榻的那个驿所是个繁忙的大驿所，各方的官员来往不断，所以根本无法查证他们的举动。再说，他们两人谁要是在夜里溜出去，一定会小心翼翼地不让人看见！那和尚怎么样呢？"

"同样糟糕。我去看过了，谁都可以进出那个寺庙。从那儿到东门，就是茶铺老板的住处，有一条近道。现在红花不在了，我真担心咱们无迹可寻，罗兄。"

两人都陷于沉默。狄公用手指慢慢地捋着鬓边的胡须。过了好一会儿，他突然说道：

"刚才我又回忆了一遍昨晚的宴会。罗兄，难道你看不出来吗，你的几位客人互相都显得谨慎有加？四个人都如此，包括玉兰在内。礼貌不失节制，友好不失矜持，嬉笑恰到分寸，每个人都发挥得淋漓尽致。然而这四个人相识多年，也时有见面的机会，谁知道他们互相之间究竟如何，是共同的爱抑或是恨把他们连在一起？那三位男子自然绝不会泄漏半点真情实感。玉兰倒是另当别论。她生性易动感情，狱中的一个半月和那些堂审让她倍感压力。昨晚她稍稍表现了一下，只有一次，可是我却觉得空气太紧张了，有那么一小会儿。"

· 147 ·

"你是指她吟诗之后？"

"对极。她很喜欢你，罗兄，我肯定她要不是当时情绪极为激动，绝对写不出那样的诗。当时她都忘记你也在场了。后来我们到露台上观看烟火时，她已平静下来，多少向你表示了歉意。那诗是针对你的三位客人之一来的，罗兄。"

"你这么说，我很高兴，"罗县令冷淡地说道，"她那么言辞激烈的指责，我真的很震惊。尤其是她的诗写得甚佳，且即兴吟诵。"

"你说什么？对不起，罗兄，刚才我又在考虑那两封匿名信。如果那两封信系出自一人之手，那就表明你的客人中有一人恨玉兰，而且恨之入骨，巴不得送她上刑场。还是回到这个关键的问题上来：究竟是三人中的哪一个？我答应过你要跟玉兰探讨一下白鹭观的案子，希望今晚能有机会。我还要提匿名信的事，然后不动声色地观察他们的反应，尤其是玉兰。不过，我得坦率地告诉你，我并不指望从中得到太多！"

"主意倒不错！"罗县令喃喃自语。他往靠垫上一靠，无可奈何地把双手交叉搁在肚皮上。

过了一会儿，他们又到了平坦的路面上。大轿在一片嘈杂的人声中停了下来。

这是山上松树林中的一片开阔地，翡翠崖就因松林的青翠欲滴而得名。崖边有一座亭子，粗大的柱子撑着沉重的亭顶。悬崖向外突出，崖下是深深的山谷，崖的对面有两座山，一座跟这边的亭子差不多高，另一座山峰直插布满晚霞的天空。崖的另一头有一座小庙，尖屋顶半掩在高高的松林中。庙前有一片卖食物的摊子，因为县太爷的到来全部收摊了。罗县令的厨师们在那里摆开了露天厨房，提着大盖篮和大酒壶的仆役们在树底下支起的桌子间穿梭来往。罗县令要在这里款待衙门上下的大小官员和差役，轿夫和奴仆们则另有酒菜。

罗县令站在第一乘大轿旁等着迎候邵学士和张兰波时，瞥见如意法师走了过来。他衣着凌乱，褪了色的蓝袍子下摆塞在腰间的草绳里，露着毛茸茸、肌肉发达的小腿。肩上的弯棍子挑着一捆衣服，活像个老农夫。

"你真像是个居山隐士，法师！"邵学士大声说道，"不过比餐风饮露的壮实多了！"

胖和尚咧开嘴笑了，露出黄褐色参差不齐的牙齿，然后径自朝小庙走去。罗县令把其他客人引到一条铺满松针的小道，沿小道可以走到亭子前的石头台阶。狄公殿后，他注意到，有三个衙役没有跟大伙儿一样在露天厨房那儿转悠，而是蹲在亭子与小庙之间的树下。他们都头戴铁盔，背着大刀。狄公认出了那个宽肩膀的都头，他记得曾在衙署里见过他，看来这三人是押送玉兰的差役。罗县令只负责玉兰在罗府内的安全，现在她出了府门，那些差役又该当班了。他们做得不错，因为他们要对囚犯负全责，可这全副武装的模样显然与这欢快的野餐气氛格格不入。狄公心中平添了些许忐忑。

十七

　　狄公跟着众人来到亭子里。他们很快喝了杯热茶。然后罗县令把他们引至崖边低矮的雕花大理石栏杆旁。众人凭栏默默远眺，但见红盘似的落日慢慢西沉在大山之后，夜色很快向山谷罩来。狄公弯腰往下看，山谷少说也有百尺来深，山水流到深深的谷底，在凹凸不平的石块上打着旋涡，升起一层薄薄的雾霭。

　　张兰波转过身。

　　"景色令人难忘！"他真诚地说道，"但愿我能用几句诗描绘出这壮观的落日，唤起……"

　　"只要你别抄袭我的！"邵学士淡然一笑，插上来说道，"我第一次来这个名胜景点时正陪着朱宰相，那时我写了四首日落的绝句。我记得宰相叫人刻在椽子上了。张兄，咱们来瞧瞧看！”

一行人分头去看亭子的椽子上挂着的大小木板，那上面全是文人墨客的诗文。邵学士看到仆役正在点落地罩灯，便叫他擎一盏起来。张兰波抬头细看后喊了起来：

“在这儿，邵兄，是你的诗！挂得太高了，可我还是能看得出来。真是经典之作！”

“我是借用旧作的韵律，”邵学士说道，“他们也该挂个好些的位置。噢，对了，我想起来了！那一次宰相把我们在此崖上的聚会命名为‘云间会’，你们谁给今晚的聚会提个名？”

“‘雾中会’。”一个沙哑的嗓音说道。那是如意法师，他已经走上了台阶，此时又换上了那件镶黑边的红袈裟。

“起得好！”张兰波大声喊道，“雾气是不小，瞧那林中漫着的长烟！”

“我不是指那个。”法师道。

“希望月亮很快能出来，”狄公说道，“中秋节就要赏月！”

紧靠大理石栏杆处摆了一张红漆圆桌，上面放着各色凉菜，仆役已经把酒杯都斟满了。罗县令举起他的酒杯。

“本人竭诚欢迎各位来赴雾中会！仅备便宴，请各位入席，不必拘礼！”

然而，在安排座次上他却是相当谨慎。他让邵学士坐在自己右首，张兰波在左首。入夜，凉意袭人，可椅子上都铺了厚厚的棉垫，脚下还放上了木制的脚凳。狄公坐在如意法师和玉兰中间，面对着罗县令。此时仆役端上一碗碗热气腾腾的饺子。罗县令的厨师显然明白，在这么个秋凉渐重的夜晚到山上聚餐，客人们是不会爱吃很多凉菜的。两名丫鬟又斟满了酒杯。如意法师一气饮干，然后扯开了粗嘎的嗓门：

"贫僧上山一路顺利，看到了一只金色的山鸡，两只长臂猴荡在树枝上。还有一只狐狸，很大的，它……"

"法师，我真心希望您今晚不要给我们讲那些吓人的狐狸！"玉兰笑着打断了他，然后又对狄公说："上次在湖滨聚会，他把我们全都吓得浑身起鸡皮疙瘩。"狄公觉得玉兰的脸色比中午好多了，不过也可能是因为精心化妆的缘故。

如意法师的鼓眼珠瞪着玉兰。

"有时候贫僧有预知力，"他平静地说道，"如果贫僧把看到的事物告诉别人，这里面一半是炫耀，一半是为了减轻自己的恐惧，因为我不喜欢所看到的东西。就我自己而言，我喜欢在野地里看生灵。"

狄公听了此话，觉得如意法师当时的心情特别压抑。

"以前我在汉源任职时，"狄公说道，"林子里有许多长臂猴，就在官府后面。我每天在后廊上喝早茶时都看着它们荡来荡去。"

"喜爱生灵是件好事，"法师慢条斯理地说道，"一个人不知道自己前世是什么，也不知道来世会变成什么。"

"我猜想您前世是头猛虎，狄大人！"玉兰嬉笑着说道。

"不如说是条看门犬，玉兰小姐！"狄公说道。接着又对如意法师说："法师，你曾声明你不再是佛教徒了，可是你仍然相信转世一说。"

"我当然相信啰！你说为什么有的人一辈子都贫困潦倒？为什么有的人在幼年时就痛苦不堪地死去？唯一让人信服的解释就是他们在赎前世的罪恶。上天怎能指望我们在短短的一生中改正所有的过错呢？"

"不行！不行！我不同意，罗县令！"邵学士的话音插入了他们的谈话，"你一定要吟一首你写的情诗，以此证实你这个有情人的名声！"

"罗大人是个大情种，"玉兰冷冷地说道，"他到处调情，因为他没本事真心爱上一个人。"

"这样说咱们的东道主，太不友善了！"张兰波大声说道，"你必须吟一首你的情诗作为惩罚，玉兰！"

"我不吟情诗。已经不再写了，不过我愿意为你写一首。"

罗县令示意管家过来，指着摆好纸墨的茶几。狄公察觉到罗县令的脸色有些发白，玉兰的话显然点中了要害。管家正在挑纸，邵学士却喊道：

"咱们不能让大名鼎鼎的玉兰把传世之作写在纸上！写到那个柱子上去，这样就能刻在木头上，让后人传诵！"

女诗人无奈地耸耸肩膀，起身往最近的柱子走去。一个丫鬟捧着笔砚跟在她身后，另一个端着烛台。玉兰用手抚着柱子，找到一块较为光滑的地方。狄公看到她修长细腻的双手，又一次感到吃惊。只见玉兰把笔在砚台上蘸了蘸，写下了几行优美的字：

苦思搜诗灯下吟，
不眠长夜惧寒衾；

满庭木叶愁风起，

透幌纱窗沉月明。

"哈哈！"邵学士呼道，"吟秋怀旧之情尽在四行诗中。玉兰可以过关了！来，为她喝一杯！"

他们喝了一轮又一轮，仆役们不断地端上热乎乎的菜肴。夜色浓了，崖上越来越冷，山谷里不断升起湿漉漉的雾气，一桌人背后摆上了四只大铜火盆，炭火烧得正红。罗县令一直心不在焉地看着亭子外松林里的灯光，这时身体突然往前一倾，说道：

"那三个点火的士兵是什么人，就是那边树下的？"

"那是我的看守，罗大人。"玉兰语气平静。

"大胆狗头！"罗县令喊道，"我立即将他们……"

"您只负责我在府上的安全。"玉兰赶快提醒他。

"啊……嗯，对，我知道了。"罗县令喃喃道。然后他厉声问道："管家，糖醋鲤鱼呢？"

狄公亲手为玉兰斟满酒杯，问道：

"玉兰小姐，罗兄给我看了他做的你那个案子的记录，他认为我可以帮你起草辩状。尽管本人才疏学浅，对法律文书倒做过一番研究，况且……"

玉兰放下酒杯。

"大人，十分感谢您的美意。一个多月的狱中生活使我有大量闲暇来考虑这案中的是非曲直。我虽没有您那般熟知法律文书的遣词造句，但我仍认为自己来写辩状最为合适。让我来给您斟上一杯酒！"

女诗人玉兰在柱上题词（高罗佩 绘）

"别傻了，玉兰！"如意法师唐突地插话，"狄大人在打官司上极有名望！"

"我觉得，"狄公接着说道，"你那个案子由一封匿名信引起，这个事实没有得到应有的重视。我并未发现有任何迹象表明，曾有人对写信人如何得知埋尸地点一事有过疑问。信显然是出自一位学识渊博的文人之手，这就排除了盗匪。你知道写信人的身份吗，玉兰小姐？"

"要是知道，"她不客气地回答，"我早就供出来了。"她喝干了杯中酒后补充道："也可能不说。"

举座默然。过了会儿，张兰波冷冷地说："反复无常是美貌才女的特权。干杯，玉兰！"

"我也一起干！"邵学士的嗓音低沉有力。又是一阵欢声笑语，可是狄公觉得那声音不对劲。大家都喝了不少酒，可是狄公心中明白，三位男客都是海量，他们丝毫没有失态的迹象，只是玉兰的眼神有些异样，似乎马上就要醉倒的样子。他必须再设法套套她的话，因为她刚才最后说的那句话有些神秘，似乎表明她对某个人有怀疑，而且那个人就坐在同一张桌上。

"玉兰小姐，那封控告你的匿名信，"狄公继续说，"使我想起十八年前金华也有一封匿名信。那封信让莫大凌将军掉了脑袋，而信也是一位学识渊博的文人写的。"

她锐利的目光扫了狄公一眼，抬起弯弯的眉毛，问道：

"您说十八年前的事？那好像对我没什么用！"

"是这样，"狄公接着说道，"我在此地遇到一个与莫将军一案有牵连的人。不是直接的，然而我们的谈话引出了一些有意思的可能性。那人是莫将军一个小妾的女儿，姓宋。"

他转脸看看法师，可是那胖和尚似乎并不在听他们讲话，只是一心一意吃着面前的炖竹笋。邵学士和张兰波倒是在听，可是看得出来只是一种出于礼貌的关注。狄公从眼角里瞥见他边上的玉兰，只见她的脸上现出惊恐的神色。狄公大为吃惊，很快算了一下，十八年前她仅十二岁！显然有知情人告诉过她那桩案子。如意法师放下手中的筷子：

"你说的姓宋？不就是那天在此地被害的书生的姓吗？"

"确实如此，法师。就是因为与那桩谋杀案有关，我和罗兄才去查莫将军叛逆案的文案的。"

"实在弄不懂你们想查什么？"邵学士也掺和了进来，"不过，你们如果认为莫将军一案有误，那就大错特错了。你知道，我当时是钦差大臣的随员，参与了整个审案过程。我可以告诉你，莫将军是有罪的。可惜了，他是一员猛将啊，外表上看去也是个和善的人，只是骨子里坏了。极想升官。"

张兰波听了点点头。他啜了一小口酒，一字一句地说道：

"我对审理案子一窍不通，罗县令，但是我喜欢猜谜。你能否解释一下十八年前的叛逆案与近日发生的谋杀案有什么关联？"

"大人，被害的书生姓宋，我等考虑他可能是狄县令刚才提到的莫府小妾的女儿的异父兄长。"

"这种说法在我看来不过是毫无根据的瞎猜！"张兰波不同意。

玉兰想说什么，可是狄公抢在前头：

"噢，不，大人。莫将军的小妾把女儿丢弃了，因为那孩子是一段私情的产物。我们推测，当宋书生得知他的异父妹妹还活着，还有他母亲的奸夫也在金华以后，他很有可能到金华来找那个男人。因为我和罗县令发现那书生到衙署的文案馆是为了查阅莫将军亲友的情况。"

"请接受我的敬意，罗县令！"邵学士喊起来，"你在款待我们的同时还在履行公务！而且如此隐秘，一点都不曾看出来！凶手有线索吗？"

"大人，是狄县令在亲自操劳！请他介绍最新的进展吧！"

"一个偶然的机会，"狄公说道，"我找到了宋书生的异父妹妹，就是南门那个黑狐祠的看守人。她是白痴，不过……"

"一个神智不爽之人的证词是不能被衙门认可的，"张兰波插了进来，"连我都知道这起码的常识！"

如意法师在椅子上转了个身，他那鼓鼓的眼睛盯着狄公，问道：

"这么说，你认识红花，嗯，狄县令？"

十八

如意法师噘着厚厚的嘴唇，把酒杯在他那汗毛稠密的大手中转悠。他幽幽地接着说：

"贫僧也去看过那姑娘一次，因为她跟狐狸有类似之处，所以我有些兴趣。那地方狐狸成群。知道她的身世吗？她被卖到一家低档的妓院，咬掉了她第一个嫖客的舌头。做法很像狐狸，也很顶用！那个家伙大出血，差点儿死掉。混乱中她跳出窗户，直奔黑狐祠，以后就一直住在那里。"

"法师，你最后见她是什么时候？"狄公装作不经意地问道。

"什么时候？噢，应该是在一年前了。三天前我又来到这里，想去她那儿再看看，多待些时间，为的是看她跟狐狸之间究竟是怎么回事。"法师摇摇大脑袋，"去了两三次，每次都在荒地的入口处就折回来了，因为那里有一群鬼魂在游荡。"他又斟满了酒杯，转向罗县令说道："昨晚你请来跳舞的那姑娘也有狐相，罗县令，她的脚怎样了？"

罗县令用目光征询狄公的意见。看到狄公点头，罗县令便对众人说：

"各位，我们不想在昨晚的宴席上让大家烦恼，所以仅说她误伤了脚。实际上她被人暗杀了。"

"我早就知道！"如意法师自言自语，"昨晚我们喝酒谈笑时，她的尸体一直停在我们不远的地方。"

张兰波目瞪口呆地看着玉兰。

"暗杀了？"他问道，"你发现的？"

玉兰点点头，邵学士不悦地说道：

"罗县令，你早该告诉我们的！我们不是那么容易烦恼的。凭我长期断案的经验，也可给你一些提示。这么说，你手上有两桩人命案子，嗯？昨晚的凶手有线索吗？"

狄公见罗县令欲言又止，便替他答道：

"两桩案子是紧密联系的。至于宋依文和他在此地要做的调查研究，我完全同意你的说法，他父亲确实犯有叛逆罪，在这一点上，宋书生是搞错了。但是我和罗县令都认为，宋依文已经把告发他父亲的那个人查得差不多了，不是告发叛逆，而是出于最为自私的动机，就是……"玉兰的惊叫打断了狄公。

"你非要说那些恐怖的话不可吗？"玉兰的声音在颤抖，"你狡猾地一步步逼近目标，收紧圈子……你忘记了我也是案犯，背着死囚的罪名吗？你怎么可以……"

"不要激动，玉兰！"邵学士插话了，"你不用担心！肯定不会影响你的无罪释放。京都大理寺的官员都是极有能力的人，我都熟识，我保证他们审你的案子只是过过形式，很快就会结案的。"

"绝对如此。"张兰波说道。狄公很快接着说道：

"玉兰小姐，我有好消息告诉你。刚才我说过，控告莫将军的信和控告你的信都是大文人写的。现在我们发现两信的作者是同一个人，这就为调查你的案子打开了新的渠道。"

邵学士和张兰波吃惊地看着狄公。

"咱们再议一下昨晚的案子吧，"如意法师大声说道，"毕竟发生在我们身边……"

"确实如此，法师。你们都熟悉皇妃梯的故事，也知道皇九子妃利用大厅屏风背后的门……"

狄公身旁哗啦一声响。

玉兰蹦起来碰翻了椅子。她怒目圆睁，对着狄公喊道：

"你这个大笨蛋！你那是什么理论，强词夺理，毫无根据！摆在你面前的事实你都看不见！"她把手按在起伏的胸前，大口地喘着粗气。"我告诉你，我厌恶这种狡辩。两个月来我已经听够了，再也无法忍受。我完了！"她尖声叫着，一拳击在桌子上，"就是我杀了那个敲诈鬼舞女，你这个笨蛋！她自找的！我把剪刀扎进她柴棒样的脖子，然后跑到你们那里装腔作势！"

她似火的目光扫视众人，举座一片沉寂。狄公抬头看着她，目瞪口呆。

"结果是这样！"罗县令自语道。

这时，玉兰垂下眼皮，稍稍平静了些。她接着说：

"宋相公曾是我的情人，我知道他心里总觉得他父亲是冤枉的。小凤告诉我，宋相公去看红花。她是个白痴，常自陷虚幻，把一个骷髅用布包上当成是相好。由于是个弃儿，她很痛苦，凭空想象出一个父亲按时去看望她。小凤告诉我的，说她肯定了红花的幻觉，好让她心情愉快，这样，红花就愿意教她唱那些古怪的歌。我告诉你们，小凤是个又奸猾又心狠的娼妇，死了活该。她从宋相公那里骗出了我的秘密，那就是她想要敲诈我的。昨天下午我才发觉。她一开始准备跳《凤舞紫霞》，见到我以后她认为机会来了，决定改跳《黑狐舞》。她这是向我暗示，她已在破庙里见过宋相公。"

玉兰说得很快，不得不停下来喘气。狄公拼命想把玉兰那颠三倒四的陈述理出个头绪来。案情刚有点眉目，还没来得及整理出头绪，却已被玉兰的一番话兜底搅翻。亭子外响起铁器碰撞声。那三个衙役听到椅子翻身和玉兰的喊叫，赶快来到亭子边上。那个都头靠柱子站着，疑惑的目光扫视着全场，但除玉兰外，其余的人都没有注意到他，众人的目光都落在玉兰身上。只见她双手撑着桌子站在那里。狄公开口了，自己都听不出是自己发出的声音：

"小凤从宋书生那里知道了你的什么秘密？"

玉兰转身向都头示意。

"过来，都头！你待我不错，有权听我说！"那都头走到桌子边上，忧心忡忡地扫了罗县令一眼，玉兰便接着说下去：

"宋依文曾经是我的情人，可是不久我就跟他分手了。那是去年秋天的事。一个多月前，他到湖滨小住几天。他跑来找我，求我再接纳他，我没有答应。我有过太多的情人，早就开始厌恶男人，身边只留几个女友，姑妄任之。我发现我的婢女伙同一个奴仆欺骗了我，我就把她撵走了。那天夜里，她以为我出去散步了，便又返回白鹭观。正当她在掏我的珠宝箱时，被我逮住了。"

她顿了顿，不耐烦地撩开前额上一绺从松散的发髻里掉出来的头发。

"我要狠狠地揍她一顿。可是那时……那时候我觉得打的不是她，每一鞭都抽在我自己身上，我抽打的是我的愚蠢！当我清醒过来，意识到自己干的傻事时，她已经躺在那里死了。我把她的尸体拖到园子里，发现宋依文站在后门口，他一句话也没说，便过来帮我把她搬到桃树下，埋在那里。平整好地，他对我说，他要我跟他一起守住这个秘密。我说不行。我说他帮我埋尸，已经成了杀人帮凶，最好还是远走高飞。他偷偷溜走了。我想万一尸体被发现，我得保护自己，于是就撬掉了大门的锁，把两个银烛台埋在大殿的神坛下。"

她长吁一口气，又转身对都头轻声说道：

"我向你道歉。三天前，我到银器店时，你小心翼翼地等在外面。我在那里碰见了宋依文。他小声对我说，既然他写的匿名信不足以把我判成死刑，他准备另外设法。他说我也许想与他先商量一番。我答应当天半夜去看他。都头，你为我考虑，没有派人在我门口站岗。我偷偷溜出客栈，到了宋依文的住处。他让我进屋以后，我就把他杀了，用的是一把在巷子的垃圾堆里捡到的锯子。好了，就是这些。"

"对不起了，小姐。"班头说着，动手解开系在腰间的细链条，脸上毫无表情。

"你一贯擅长临场发挥。"一个深沉的嗓音说道。那是邵学士。他已经起身，站在椅子背后，穿着飘垂的锦缎袍子，身材高大魁梧。椽子上挂着的油灯照在他的脸上，他的表情既高傲又坚定，眼睛里的瞳仁显得很大。他仔细地抚平袍子上的皱褶，然后显得很随意地说道："不管怎么说，我不想欠一个妓女的情。"

看不出有什么慌乱，他跨出了崖边低矮的围栏。

玉兰叫了起来，喊声尖厉凄惨。狄公跳起来扑向栏杆，都头和如意法师紧随在后，但漆黑的深谷里只有隐约传来的汩汩溪流声。

狄公转过身来，玉兰的叫声停止了。她站在栏杆边上，呆若木鸡，身旁是张兰波。罗县令给管家下了一连串的命令，老头点头答应后便匆匆走下台阶。玉兰回到桌子边，重重地坐在椅子上，声调平直地说道：

"他是我唯一爱过的人。咱们一起来喝最后一杯吧，我很快就要告辞了。看，月亮出来了！"

众人重又入座后，都头退了回去，站在最远的柱子旁，另外两个看守也过来跟他站在一起。狄公默默地斟满了玉兰的酒杯，罗县令说道：

"我的管家说，那边有一条小径通到沟底。我的几个家人已经下去找尸体了。不过有可能要顺小河下去几里路才找得到，河水很急。”

玉兰把胳膊肘支在桌子上，惨笑着说道：

“几年前他就叫人精心设计了图纸，说要在家乡修一座宏伟的陵墓。如今他的尸体……”她用双手捂住脸。罗县令和如意法师一言不发，看着她抽动的肩膀。张兰波的脸早就背了过去，他睁大眼睛凝视着月光下的山脉。玉兰终于放下了手。

“是的，他是我唯一真心爱过的人。我喜欢诗人闻东阳，他为人大方，脾气也好。还有一些其他人。但是邵范文在这儿，在我心里，在我的血肉里。十九岁时，我就爱上了他，但他不肯赎我出去，让我偷偷跑出了妓院。后来他甩掉我时，我身无分文。为了谋生，我只好在低档的窑子里混，因为我是从京城的妓院逃出来的，列在黑名单上，所以哪儿的高档场所我都进不了。我病了，差点饿死。他明明知道，却不闻不问。后来，闻东阳扶持了我。我几次想劝他回心转意，但他却把我一推了事，就像扔掉一只过于亲昵的狗。我受了他多少罪！可我从来没有停止过爱他。”

她一口气喝完杯中的酒，怜悯地看了罗县令一眼，继续说道：

“罗大人，您提议我到府上小住几天时，我先是拒绝了，因为我想我再也不要见到他，不要听他夸夸其谈，不要看……”她耸了耸肩。“可是当你真爱一个人时，你连他的缺点毛病都爱。这样，我还是来了。跟他在一起就是受折磨，可我还是感到幸福……只是当他命我为咱们的所谓欢聚吟诗作赋时，我才失去了自制。真对不起您，罗县令。至于他这个人嘛，我是他唯一可以肆无忌惮地夸耀自己恶行的对象。他作践了许多人，总说自己是当代最了不起的大人物，所以有权尝试人的身心能够经受的所有刺激。不错，他引诱了莫将军的小妾，被将军发觉以后，他便举报了将军。他也曾想参与谋反，后来他意识到这场反叛必败无疑。他认识莫将军的所有同谋，可是他们不认识他！钦差大臣还赞扬他的协助。邵范文告诉我时，说得津津有味！在受审时，莫将军只字未提邵范文。一来，他没有文字的根据说邵范文参与谋反；二来，他的自尊心也不允许他把自己妾室的奸情抖搂出来，再说宋氏已经自缢身死，他失去了所有的证据。他很喜欢跟我谈论那场风波……今年春天他到白鹭观去看我，因为他最喜欢做的事莫过于对他作践过的人幸灾乐祸。所以他每次路过金华时，都要去黑狐祠看望他的私生女儿，告诉她，有忠实的相好和狐狸陪伴，她在那里过得很美满。"

"唉，刚才我说的把婢女打死的事全是实话，只是把邵范文换成了宋依文。我没有见过那个不幸的宋相公，只在昨天才从邵范文那里听说。是那个苦命的红花把宋相公的事一五一十全告诉了他，邵范文就在半夜到宋相公的住处。敲过门后，他说有莫将军的情况要对他说，宋相公便让他进屋了。邵范文杀他时用的是在宋书生大门外垃圾堆上捡来的木匠锯条。他告诉我，他是带了匕首去的，不过，用在现场拾到的利器总要安全些，所以他杀小凤时用的是剪刀。邵范文唯一的心病是宋依文可能得到了他与宋氏奸情的证据，譬如说昔日的信件或者别的什么。他翻遍了宋依文的住处，没找到任何东西。再给我斟上一杯，法师！"

这一回，她慢慢地喝干了杯中的酒，然后接着说道：

"不用说，邵范文帮我把侍女埋上以后，我并没有让他走！没有，我求他，跪在地上求他留下来，回到我身边！他回答说，他尽管没有亲眼见过我殴打侍女，但还是有责任告发我。说完便大笑着走了。我知道他会告发我的，所以才造了个那么不高明的假象。当我听说有人写了匿名信时，我就知道是他写的，他想毁掉我。他知道我对他那种愚蠢下贱的忠心，知道我永远不会出卖他，甚至搭上性命也要保全他！"玉兰抬起手，指着题过诗的柱子，心灰意懒地摇摇头。"你看，我有多爱他！那上面的诗是我和他还未分手的时候写的。"

突然，她瞪了狄公一眼，很快地说道：

"当你把套住他的绳索越收越紧时，就像是我在受勒索！所以我站出来说话了。我企图拯救他，便把自己知道的事情都拼凑在一起。可是你听到了他最后说的那句话。"

她放下酒杯，站起身来，用十指纤纤的双手熟练地理好了发髻，语调轻松地接着说道：

"既然邵范文死了，我当然可以说是他打死了婢女。他完全做得出那种事来。不过，既然他死了，我也不想活了。我满可以跟着他跳下山崖，可是那样会让都头掉脑袋的。再说，我也有自尊心，虽然我做了许多不该做的事，可是我从来不当孬种。我害死了婢女，就准备承担一切。"她转向张兰波，淡淡一笑，"张大人，您是一位伟大的诗人，认识您真是荣幸至极。您，如意法师，我钦佩您，我现在明白了，您是真正的贤明之士。罗大人，我感谢您忠实的友情。狄大人，刚才言语多有冲撞，还望多包涵。我与邵范文的关系早晚是个祸害，您只是履行公事罢了。总算结果还不错，因为邵范文业已隐退，要是他还活着，他行动可以比以前更加自由，又要盘算新的恶行寻欢作乐了。我要讲的都讲完了。告辞。"

她转而对着班头。班头给她戴上镣铐，把她带走了。两个衙役跟在后面。

张兰波蜷缩在椅子里，干瘦的脸惨白如灰。他慢慢地擦着额头，自言自语道：

"头痛如裂！我竟然还向往令人心碎的经历！"他站起来，唐突地说道："罗县令，回城去吧。"突然，他又凄凉地一笑。"我的老天，罗县令，你成功了！前程似锦，你将会被……"

"大人，我明白眼下要做什么，"罗县令冷冷地打断了他的话，"就是坐下来，连夜写出案情报告。大人，您先请上轿，我马上就到。"

张兰波走了以后，罗县令久久地看着狄公。他的嘴唇打战，结结巴巴地说道：

"这……这太可怕了，狄兄。她……她……"罗县令说不下去了。

狄公轻轻按着罗县令的胳膊。

"罗兄，你得把她的传记写完，把她刚才说的话一字一句都收进去，这样，你编的玉兰全集才公正全面，她也将与她的诗作共存。你跟张大人先一起下山，我想在这里再待上一会儿，罗兄。我需要理一理思路。你去叫书吏把文案馆里所需的东西都准备好，我很快就去帮你起草文书。"他目送罗县令远去后，转而问如意法师："您怎么样，法师？"

"狄大人，贫僧陪着您。咱们把椅子挪到栏杆边上去赏月吧。到这里来毕竟是为了度中秋啊！"

他们两人凭栏坐下，背后是收拾了一半的饭桌。亭子里已无他人，刚才罗县令一走，仆役们都溜到林子里的露天厨房去了。他们迫不及待地议论起先前见到的情景。

狄公默默地看着对面的山头。阴森的月光下，他觉得自己分辨得出每一棵树。突然，他开口说道：

"法师，您很关心红花，就是那个看守黑狐祠的姑娘。很遗憾，我得告诉您，她得了狂犬病，今天下午死了。"

如意法师点了点他的大脑袋。

"我知道了。我上山时，在小道边看到一只黑狐狸，这是有生以来头一回见到。身子又长又灵活，毛色油光乌亮，转眼就窜进树丛里不见了……"他揉揉满是胡子楂的腮帮，发出刺耳的沙沙声，两眼望着月亮，随口问道："您有没有邵范文的确凿证据，狄大人？"

"一点也没有，法师。可是玉兰以为我有，是她讲清楚了来龙去脉。要不是她站出来说话，我还得嚷嚷一阵，最后我的论点也至多含含糊糊，不了了之。邵范文会把它称为是一次有意思但不作数的官样推断，结果很可能就是如此。他心里肯定明白，我手里没有一丝一毫有关他的证据。他跳崖自杀不是因为惧怕法律制裁，而是他那种极其强烈、超乎寻常的自尊心不容他活在别人的怜悯之中。"

如意法师又点点头。

"极富戏剧性，狄大人。一场人间戏剧，狐狸也在其中扮演了角色。我们看问题不能光从人世的狭小角度出发，还有与人世交叉重叠的许多世界。要是从狐狸世界来看的话，这是一出狐狸主演的戏，有几个人在里面扮演配角。"

"您也许说得不错，法师。这出戏好像四十年前就开演了，那时候红花的母亲还是个年轻女子，抱了一只小黑狐回家。唉，我也说不清楚。"狄公往前伸伸腿，"我只知道我现在筋疲力尽！"

法师睨视他一眼。

"是啊，您该歇歇了，狄大人。贫僧和您，在各自的道路上，还有很长的路要走。很长，很令人厌倦的路。"

如意法师靠在椅背上，鼓着大眼睛，一眨也不眨地望着天上的明月。